AF204109

Anemone Hartmann

Das Museum der Peinlichkeiten

und andere Gefühle

© 2020 Anemone Hartmann
Umschlagmotiv: „Wenn du guckst, komm ich nicht raus."
2018 – Collage, coloriertes Büttenpapier auf Tonkarton 30 x 22 cm

Verlag und Druck: tredition GmbH, Halenreie 40-44, 22359 Hamburg

ISBN
Paperback: 978-3-347-12714-2
Hardcover: 978-3-347-12715-9
e-Book: 978-3-347-12716-6

Für Thara,

als Beweis, dass Träume wahr werden können.

Was ich kann, kannst du schon lange.

Tschacka!

INHALT

Prolog

Auf den zahlreichen Reisen durch meinen, zugegeben etwas verschrobenen, Geist und gewöhnt an eigenwillige Emotionen, habe ich schon so manche, ungewöhnliche Entdeckung gemacht. Dennoch war ich einigermaßen erstaunt, als ich vor einigen Jahren in einem wenig genutzten Winkel meines Verstandes einen Raum entdeckte, der meiner forschenden Neugier bis dahin entgangen war.

An diesem fast schon ernüchternd schmucklosen Ort, bestehend aus leeren Wänden, einigen einfachen Stuhlreihen und einem hölzernen Rednerpult, fand sich regelmäßig eine Gruppe von interessanten Persönlichkeiten ein, um in vertrauter Runde und unter dem Mantel der Verschwiegenheit, ihre sehr eigenen Lebensansichten auszutauschen. Sie nannten sich „AnonyMood – Die anonymen Gemüter" und da sie sich nicht daran zu stören schienen, wenn ich still in einer der hinteren Reihen Platz nahm, wurde es mir zu einer lieben Gewohnheit, ihren Reden zu lauschen.

Inzwischen bin ich ein anerkanntes Mitglied der Gemeinschaft und wir sind einstimmig zu dem Entschluss gekommen, dass es an der Zeit ist, ins Licht der Öffentlichkeit zu treten. Mancher Leser wird über das was wir zu berichten haben vielleicht ratlos den Kopf schütteln und es vorziehen zu gehen, alle anderen laden wir gern als Zuhörer in unseren Kreis ein. Und der Eine oder Andere wird nach der Lektüre vielleicht sogar die Neugier verspüren, in seinem eigenen Geist auf die Suche nach verborgenen Räumen zu gehen. In manchem eingestaubten Winkel liegt möglicherweise ein Schatz.

Auf Bewährung

Bin ich hier richtig bei AnonyMood? Ja? Gut, war gar nicht so leicht zu finden. Mich vorstellen? Also gut, dann stelle ich mich mal vor: Mein Name ist Yleila und ich bin der schöpferische Geist. Ich bin auf Bewährung draußen, jedenfalls fühlt es sich so an. SIE haben gesagt, ich sei jetzt frei und könne gehen wohin und tun was immer ich will. SIE, das sind die Stimmen von außen, aber ich traue ihnen nicht. Sie haben schon so oft gelogen und selbst wenn sie die Wahrheit sagen, weiß ich nie genau, wie sie es meinen. Es gibt so viele Interpretationsmöglichkeiten, so viele Graustufen zwischen schwarz und weiß.

Ich bin vorsichtig geworden, misstrauisch sogar, denn ich trage Verantwortung. Ich bin die Mutter der Ideen und ich habe viele Kinder.

Tatsächlich bin ich selbst nicht imstande, sie zu zählen, aber ich habe sie geboren, an meinen Brüsten genährt, in meinen Armen gewärmt und ich erkenne sie alle. Ich erkenne sie am Schwung ihrer Worte, wenn sie durch eine Geschichte tanzen, am Klang ihrer Melodie in den Liedern einer Sehnsucht, an den Farben ihrer malenden Augen. Ich kenne alle ihre Formen und sie sind vielgestaltig, tatsächlich ist keines von ihnen wie das andere.

Nein, ich war nicht immer so umsichtig wie heute, ich gestehe, ich habe Fehler gemacht, wie alle Eltern Fehler machen. Ich habe sie einfach raus gelassen. Die Wände unserer Schöpfungshöhle schienen mir zu eng und es waren ja auch so viele. Ich dachte, sie brauchen Sonnenlicht und frische Luft und Platz zum Spielen.

Ja, sie sind laut, sie hinterlassen Dreck und Chaos, es sind echte Rabauken darunter die scheren sich nicht um Regeln der Rhetorik, den goldenen Schnitt oder die wissenschaftliche Grundlage der Naturgesetzte. In deren Übermut gingen schon ein paar Fensterscheiben des guten Geschmacks zu Bruch, das will ich gar nicht bestreiten. Ich habe natürlich versucht, ihnen die Grundlagen des guten Benehmens beizubringen: Die alten Weisheiten höflich grüßen, Vorurteile ausreden lassen, sich bescheiden in die Schlange der Möglichkeiten einreihen und geduldig warten bis die rechte Zeit gekommen ist, solche Dinge. Natürlich hat das nicht immer funktioniert und ich fand es auch nicht so wichtig.

Mal ehrlich, die Warteschlangen vor den passenden Momenten sind schrecklich langweilig und einige der zurzeit anerkannten Lehrmeinungen kommen schon derart alt und klapprig daher, dass ich ihnen nicht wirklich zutraue, noch am wissenschaftlichen Gedankenverkehr teilzunehmen.

Vielleicht war ich nachlässig. Ich habe die Blicke der Nachbarn schon gespürt und das Getuschel gehört. Man kann mir vorwerfen, dass einige meiner Zöglinge rotzfrech und vorlaut waren und ich die Zeichen falsch gedeutet und zu spät reagiert habe. Aber ich war jung und verliebt in das Leben. Ich habe meine verrückten Kinder mit den Augen einer stolzen Mutter gesehen und gedacht, alle anderen täten das auch. Ich konnte doch nicht ahnen, wie grausam sie bestraft werden würden. Und sie wurden bestraft, unzählige von ihnen, immer und immer wieder.

Ich kann sehr gut nachfühlen, warum die große Meeresschildkröte ihre Eier an einem fernen Strand im Sand vergräbt und dann wegschwimmt, so weit und so schnell sie kann, um nicht mit ansehen zu müssen, wie viele ihrer Kinder sterben, bevor einige wenige das Meer erreichen. Ich kann diese Art von liebevoller Flucht aus tiefstem Herzen nachempfinden, aber ich selbst war nicht dazu imstande. Ich musste bei meinen Kindern bleiben.

Ich war da, als ihnen der Prozess gemacht wurde, ein sehr kurzer wie ich fand. Ich habe ihre kleinen Hände gehalten während sie auf ihr Urteil warteten und ihre weinenden Gesichter an mein Herz gedrückt. Ich habe am Richtplatz gestanden und zugesehen, wie die Stimmen von außen meine Kinder mit Knüppeln aus Vernunft schlugen, bis ihre Knochen brachen, wie sie ihre Glieder mit dem glühenden Draht der Machbarkeit fesselten, sie mit dem gleißenden Feuer der Realität blendeten, in Kübeln voll Resignation ertränkten und ihnen mit langen Riemen, die sie sich selbst aus dem Fleisch ihres guten Willens geschnitten hatten, die Haut von den Körpern peitschten.

Bitte versteht mich nicht falsch. Ich weiß, sie taten das nicht aus Bosheit. Sie waren überzeugt, aus Liebe zu handeln und in Wahrheit agierten sie vermutlich aus Angst. Ich verurteile sie nicht dafür, denn ich habe ja selbst hilflos dabeigestanden, unfähig etwas zu ändern. Dem mächtigen Wächter der eigenen Verletzlichkeit, hatte ich nichts entgegen zu setzen.

Obwohl alles in mir danach schrie, meine Kinder zu verteidigen, konnte ich nur stumm danebenstehen, starr vor Entsetzen und Schmerz.

Ich habe zu viele meiner Kinder auf diese Art sterben sehen, ihre Todesschreie verfolgen mich bis heute im Schlaf und ich will kein einziges, weiteres mehr verlieren.

Ich bin eine Mutter, ich trage Verantwortung und ich habe getan, was jede Mutter tun würde, das Bestmögliche, um meine noch lebenden Kinder zu beschützen. Ich habe sie zusammengetrieben aus allen Winkeln der Erde, zurück in die kleine, dunkle Höhle in der sie geboren wurden. Ich habe ihnen befohlen, still zu sein, sich nicht zu rühren und habe meine großen Schwingen über ihnen ausgebreitet, damit niemand sie sieht. All meine Farben habe ich abgelegt, Tarnung ist wichtiger, und ich benutze meine Flügel seitdem nicht mehr zum Fliegen, sondern nur noch als Schutzmantel für meine Brut.

Die elektronische Fußfessel, die ich trage stammt übrigens nicht von den Stimmen von außen, nein, die habe ich mir selbst angelegt. Sie reagiert auf einen unsichtbaren Zaun im Boden meiner Achtsamkeit und ich habe Jahre gebraucht, um den genauen Radius herauszufinden, in dem ich mich gefahrlos bewegen kann, ohne aufzufallen. Es ist ein sehr kleiner Kreis, aber er ist sicher.

Meine Kleinen haben gelernt, damit umzugehen. Es sind sehr gehorsame Kinder geworden, sie ducken sich artig und still ins Dunkel. Nur ganz selten muss ich unsere Höhle verlassen, um einen allzu neugierigen Abenteurer einzufangen, der sich früh morgens davongestohlen hat, um den Sonnenaufgang zu sehen. Ich lasse sie nämlich nicht mehr raus bei Tag. Nur in besonders dunklen und stillen Nächten erlaube ich ihnen manchmal, in den Träumen zu spielen.

Und jetzt sagen die Stimmen plötzlich, ich sei frei und meine Kinder in der Welt willkommen. Von einem Moment auf den anderen soll alles anders sein, nach so vielen Jahren? Ich mache vorsichtig einen Schritt ins Licht, dann noch einen. Das Gehen ist ungewohnt nach so langer Zeit, und spüre das warnende Vibrieren an meinem Fußgelenk, blicke hinab auf das kleine, rot blinkende Lämpchen.

Der Schlüssel liegt in meiner Hand. Kann ich es wagen?

Der Postbote

Hallo, ich bin der Otto Schmerz. Ich bin wohl das was man ein „einfaches Gemüt" nennt. Wenn du jemanden für philosophische Gespräche oder geistreiche Konversation suchst, bin ich der Falsche. Mit mir kann man nicht diskutieren. Das sag ich gleich vorweg, damit niemand beleidigt ist. Ich bin vielleicht simpel gestrickt, aber ich bin eine ehrliche Haut. In meiner Existenz ist nichts unklar oder kompliziert. Ich bin geradlinig und direkt.

Als ich z.B. meine Frau Agnes, die Empfindsamkeit, kennenlernte, wusste ich vom ersten Moment an: Wir sind füreinander bestimmt. Es war Liebe auf den ersten Blick. Also habe ich sie zum Essen eingeladen, ihr erklärt was ich fühle und ihr einen Heiratsantrag gemacht. Und sie hat ja gesagt. So bin ich, ganz einfach. Ich gehe keine Umwege, weder privat noch beruflich. Das würde keinen Sinn machen.

Wir haben drei wunderbare Töchter: Pethula, Mathilda und Lea. Unsere Älteste, die Angst, geht in die Politik und ist eine echte Karrierefrau. Ich bin sehr stolz darauf, eine so erfolgreiche Tochter zu haben, auch wenn ich nicht genau verstehe was ihre Ziele sind. Anfangs dachte ich, sie würde meinen Arbeitsplatz wegrationalisieren mit all ihren Verbesserungen und Modernisierungen. Aber die Sorge war unbegründet, ich habe jetzt sogar noch mehr zu tun als vorher.

Apropos „Sorge", das ist unsere zweite Tochter. Sie zu verstehen fällt mir leicht. Sie ist ein Familientyp, wie ich und wir haben einen guten Draht zueinander. Mit ihrem Mann Zeitdruck und den fünf Kindern Panik, Stress, Mangel, Hektik und Depression hat sie alle Hände voll zu tun. Und dann kocht sie auch noch leidenschaftlich. Sie hat sogar ein Kochbuch geschrieben: „Familienrezepte aus der Gerüchteküche", es ist hinter vorgehaltener Hand erschienen, im Treppenhaus Verlag, kann ich empfehlen.

Nur um Hoffnung, unsere Jüngste machen wir uns etwas Sorgen. Sie geht so blauäugig und naiv durchs Sein mit ihren Blumenkränzen im Haar und die Welt ist nun einmal nicht nur gut. Sie erklärt uns immer, wir müssten es einfach zulassen, dann würde sich alles finden und hängt ständig im Park mit Glaube ab.

Du weißt schon, dieser langhaarige Hippie mit dem Peace-Zeichen-Shirt und der Gitarre. Agnes und ich hoffen, dass sie eines Tages dem Ernst des Lebens in die Arme läuft, die Beiden wären so ein schönes Paar.

Aber zurück zu mir. Mein Leben ist überschaubar. Manch einer würde es als langweilig bezeichnen, aber das ist es nicht. Ich erlebe echt schräge Dinge, vor allem bei der Arbeit. Ich bin Postbote.

Man sagt ja: „Nolite necare nuntium." (Tötet nicht den Boten.) Da ist was Wahres dran. Du glaubst gar nicht wie oft mir die Tür vor der Nase zugeschlagen wird, wenn ich versuche von den überlasteten Knien eine dritte Mahnung wegen Übergewicht zuzustellen, oder eine Vorladung zur Anhörung in einer Beziehungsklage.

Die Sendung kommt in jedem Fall beim Empfänger an, dafür gibt es das Einwurfeinschreiben. Es macht also keinen Sinn, mein Klingeln zu ignorieren und sich hinter der Küchengardine zu verstecken, auch wenn ich mit einem großen Paket Altlasten vor der Tür stehe. Dann komme ich eben am nächsten Tag nochmal… und nochmal… und nochmal… Und irgendwann gebe ich das ganze Zeug bei deinen Nachbarn ab. Die sind in der Regel nicht so geduldig wie ich und reden auch noch drüber. Annehmen musst du deinen Kram so oder so, da führt kein Weg dran vorbei.

Manche versuchen mich mit Medikamenten zu betäuben. Bei einigen Adressen nehme ich deshalb schon gar keine Einladung zum Tee mehr an. Es ist unschön, irgendwo am Straßenrand aufzuwachen und nicht zu wissen, wie man da hingekommen ist. Ich nehme es den Leuten nicht übel. Niemand bekommt gerne Rechnungen, das verstehe ich. Es bringt nur nichts. In den meisten Fällen hast du schlicht zu lange über deine Verhältnisse gelebt. Und laufenden Kosten fallen einfach an, das häuft sich wenn man älter wird, kenne ich auch alles. Ich kann aber nichts dafür. Die schlechten Nachrichten verschwinden nicht, wenn du den Boten beseitigst. Selbst wenn du es fertigbringst, meine Kinder zu Waisen zu machen und mich bei deinen anderen Leichen im Keller verscharrst, steht garantiert am nächsten Tag ein Kollege von mir mit derselben Nachricht vor deiner Tür. Das hört erst auf, wenn du deine Angelegenheiten regelst.

Und auch dabei kann ich Dir nicht helfen. Das versuche ich denen zu erklären, die mich in die Kneipe mitschleppen. Vor allem bei schlechten Nachrichten in Herzensdingen und fristlosen Kündigungen kommt das häufig vor.

Ich finde es ja irgendwie nett, dass du mich für vertrauenswürdig genug hältst, um mir dein Herz auszuschütten und deine ganze Lebensgeschichte zu erzählen. Aber ich bin nicht dein Therapeut und auch kein Freund und ich kann absolut nichts für dich tun. Dein Jammern ändert nichts, auch dann nicht, wenn du versuchst, mich im Alkohol zu ertränken.

Ganz schlimm finde ich, wenn ich angeschrien und beschimpft werde. Ich bin immer höflich und korrekt und möchte bitte auch so behandelt werden. Hast du eigentlich eine Ahnung was passiert, wenn ich nicht mehr pünktlich liefere oder in Streik trete? Denk mal eine Minute darüber nach, am besten in Verbindung mit einer Glasscherbe unter deinem nackten Fuß oder einer heißen Herdplatte in der Nähe deiner Hand... Genau, das möchtest du nicht erleben.

Ich will nur meine Arbeit ordentlich machen und dann nach Hause zu meiner Familie. Ich bin nicht der Absender deiner Nachrichten und ich kann nichts für den Inhalt. Ich bin nur der Postbote. Vielleicht kannst du in Zukunft versuchen, dass Eine vom Anderen zu trennen.

SCHMERZ

Flower Power

Ich bin gar nicht so dumm und naiv wie alle glauben. Mein Name zum Beispiel, Lea bedeutet „die sich vergeblich bemüht". Ich weiß schon, was meine Eltern mir damit sagen wollten, aber ich bin, wie ich eben bin. Selbst wenn meine Versuche nicht zum Erfolg führen, den Versuch ist es allemal wert. Und dem Ernst des Lebens bin ich schon vor langer Zeit begegnet, ein unangenehmer Typ, so festgefahren und einspurig in seinem Denken. Mit jemandem der so unkreativ und negativ ist könnte ich nie zusammenleben. Ich bin sicher, wenn meine Eltern ihn näher kennenlernen würden, wären sie auch nicht mehr so überzeugt, dass wir zusammenpassen. Ja, ich sehe vielleicht aus wie das blonde Dummchen, aber ich bin emanzipiert genug, um mich nicht vom Ernst des Lebens begrabschen zu lassen.

Ich werde mich selbst nicht aufgeben, so viel steht fest, und ich bin die jüngste in meiner Familie. Die Hoffnung stirbt zuletzt.

Was Noah Glaube und mich betrifft, wir sind nur Freunde. Mir ist völlig klar, dass ihm das nötige Fundament fehlt, die solide Basis auf denen er seine Ideen und Vorstellungen aufbauen könnte. Er ist ein Träumer und erwartet von allen, dass sie ihn so nehmen wie er ist. Ich habe schon tausend Mal versucht, ihm zu erklären, dass er es nie zu etwas bringen wird, wenn er sich weigert, Beweise für seine Theorien zu liefern, oder lernt, sie wenigstens etwas überzeugender zu verpacken. Aber dann grinst er immer nur und hält seine Häkelmütze hoch. Irgendwelche Passanten werfen immer ein paar Münzen rein, wenn er sie beim Gitarre spielen im Park neben sich legt. Für ihn ist das Beweis genug. Es reicht von einem Tag zum nächsten, mehr braucht er nicht. Und irgendwie ist das doch auch bewundernswert. Finden Sie nicht?

Was meine Eltern gern vergessen ist, dass Noah nicht mein einziger Kontakt im Leben ist. Mein Freundeskreis ist viel größer als sie glauben. Zum Beispiel pflege ich eine intensive Brieffreundschaft mit der Liebe und die ist alles andere als naiv. Sie ist im Gegenteil eine sehr selbstbewusste und einflussreiche Frau. Oh nein, die Liebe macht es einem nicht gerade leicht, mit ihr befreundet zu sein. Sie ist eine launische Person, ich würde sogar sagen schwierig im Umgang und unerträglich dominant. Man müsste schon blind sein, um nicht zu erkennen, dass sie zwei Gesichter hat. Und, glauben Sie mir, sie lebt beide voller Leidenschaft.

Trotzdem hoffe ich immer noch, dass es mir eines Tages gelingt, Liebe und Glaube an einen Tisch zu bekommen. Natürlich nicht als Paar, das würde niemals funktionieren, aber als Arbeitsgemeinschaft. Die Beiden wollen nichts davon wissen, aber ich werde alles in meiner Macht Stehende tun. Vermutlich ist das meine Lebensaufgabe, denn obwohl mich mit Beiden eine enge Freundschaft verbindet, scheint es ein Ding der Unmöglichkeit zu sein, uns alle unter ein Dach zu bekommen. Und das ist unendlich schade, denn ich glaube, zu dritt und als Team, könnten wir die Welt verändern.

Der Mechaniker der großen Maschinerie

Mir ist es egal was Sie von mir halten. Ich bin fachkompetent in meinem Bereich und mache einen guten Job. Wenn jemand ein Problem damit hat, dann soll der mir eben aus dem Weg gehen. Wer ich bin? Was geht Sie das an?

Aber gut, es soll mir niemand nachsagen, ich hätte Scheu, meinen Namen zu nennen. Ich bin Archibald und ich bin stolz auf meinen Namen. Ich bin stolz auf das, was ich bin und was ich täglich leiste. Ich bin das Gewissen.

Jetzt sind Sie erstaunt? Ich komme Ihnen aggressiv vor?

Dann sollten Sie mal die Wut erleben, die ist aggressiv. Was glauben Sie eigentlich was hier los wäre, wenn ich nicht ständig für Ordnung sorgen würde. In meiner Position kann ich mir keine Schwäche erlauben, keine Pause, niemals. Das ist ein feinjustiertes System aus verdammt vielen Zahnrädern und einige davon sind richtig groß, tonnenschwer sind die, und sie setzten Kräfte um, die sich die meisten Geistesgeschöpfe gar nicht vorstellen können.

Ich bin der Wächter des Gefüges, der Mechaniker der großen Maschinerie und ich kann es nun mal nicht leiden, wenn mir jemand reinredet. Niemand kennt meine Maschine so gut wie ich. Das ist wie auf einem großen Schiff, wissen Sie, da gibt es den Kapitän und den Stuart, den Bootsmann, den Steuermann, den Matrosen usw. und jeder hat seinen Platz und seine Aufgabe, jeder ist Fachmann auf seinem Gebiet. Ich erzähle dem Smutje ja auch nicht, wie er sein Süppchen zu kochen hat.

Wenn der große Masterplaner, der da oben auf der Brücke die Fäden zieht, sagt: „Volle Kraft voraus." dann schmeiß ich hier unten die Motoren an und hole alles aus dem alten Mädchen raus, das können Sie mir glauben.

Aber es gibt eben Tage, da geht das einfach nicht.

Sehen Sie, wenn ich schon einen Riss in der Ruderwelle habe und der Hauptkolben macht komische Geräusche und dann erzählt mir der Navigator auch noch, dass wir in unsicherem Fahrwasser sind mit felsigen Untiefen. Möglicherweise macht auch noch das Gerücht die Runde, der Kapitän hätte am Abend zuvor ein paar Gläser zu viel… Sie wissen was ich meine. Dann jage ich doch nicht unreflektiert die Motoren hoch und riskiere einen Ruderbruch oder eine Havarie! Nein, dann heißt es voller Stopp und erstmal die Maschine checken, den Riss flicken und klären was auf der Führungsebene gerade schiefläuft.

Meuterei nennen Sie das? Befehlsverweigerung?

Dann können Sie mich ja feuern, wenn Sie meinen, es würde dann besser laufen.

Ein Sturkopf bin ich vielleicht und ich habe meinen Abschluss nicht in Hofetikette gemacht, das sicher nicht, aber wenn Sand im Getriebe ist und ich mich nicht darauf verlassen kann, dass die da oben ihren Job richtig machen, dann mache ich lieber einen vollen Stopp und nehme hinterher meinen Hut, als den ganzen Kahn mit Mann und Maus auf einen Eisberg zu setzten und im Ozean zu versenken. Wohin sowas führt… Na, Sie kennen ja die Geschichte von der Titanic.

Gebe sie mir einen klaren Kurs, solide Ansagen und Zeit für meine Checkliste und ich bringe Ihnen die Lady sicher in jeden Hafen. Dann hören Sie kein Wort der Klage von mir und Sie brauchen mich auch nicht loben dafür oder befördern oder so was. Das ist mein Job, meine Aufgabe und die erledige ich gewissenhaft und gut.

Aber wenn ich noch einmal Ihre Finger in meiner Werkzeugkiste sehe, dann setzt's was!

Die Wahlkampfrede

Sehr geehrte Wahrnehmende und Nichtwahrnehmende,

ich danke Ihnen für Ihr zahlreiches Erscheinen und will mich sofort dem heutigen Thema zuwenden, ohne lange Vorrede: Sicherheit.

Sicherheit wird großgeschrieben, liebe Wahrnehmende und Nicht- wahrnehmende, und Sicherheit wird immer wichtiger. Sicherheit ist der Grundpfeiler jeder Existenz, der Regenschirm des Daseins, der Rettungsanker der Evolution. Es geht ums Überleben und die Bedro- hungen sind vielfältig.

Mein Name ist Pethula Rosemarie Clementine Angst, und ich bin die erste Vorsitzende der AFZ (Altbewährtes für die Zukunft). Meine Kandidatur für das Amt der Ministerin für zukunftsweisende Handlun- gen gründet sich auf hohen Selbstansprüchen und dem Wunsch, Gu- tes zu tun.

Als älteste von drei Schwestern hatte ich das Glück einer be- schützten Kindheit in einem sicheren Elternhaus. Nicht viele durften, wie ich, das Privileg erleben, von Schmerz und Verletzlichkeit behütet zu werden. Meine Eltern benannten mich traditionell nach meinen Großmüttern: Rosemarie Nachkriegstrauma und Clementine An- spruchsdenken und ich bin mir der Verantwortung bewusst, mit der ich in deren Fußstapfen trete.

Nach meinem Studium in apokalyptischem Kollektivwissen bei Prof. Pessimismus an der Universität des letzten Äon, war meine wei- tere Ausbildung zur Diplom Technikerin für situationsangepasste Ri- sikoanalysen schon vorgezeichnet. Ohne die bahnbrechenden, seit Generationen weitergereichten Erkenntnisse dieses Bildungszwei- ges hätte die Menschheit die Evolution nicht überstanden. Das macht uns auch heute noch zur führenden Wissenschaft des Lebens.

Sicherheit ist das Hauptziel meiner Partei und auch das meine, dafür müssen gegebenenfalls auch Opfer gebracht werden. Ich habe mein ganzes Leben dieser Aufgabe gewidmet. Umso mehr freut es mich, wenn meine Bemühungen Früchte tragen und meine Erfolge in einigen Teilbereichen des Lebens geben mir heute schon Recht.

Als Abteilungsleiterin des APS (Amt für präventive Schadensbegrenzung) bin ich für die Organisation und Abwicklung sämtlicher Präventionsprogramme zuständig. Erlauben Sie mir an dieser Stelle ein Lob an meine hervorragenden Mitarbeiter Erika Scham und Leopold Zweifel auszusprechen, ohne deren Einsatz meine Arbeit in diesem Umfang heute gar nicht möglich wäre. Vielen Dank, ihr seid ein großartiges Team.

Außerdem bin ich Autorin der Milliardenbestseller „Ich hab's dir ja gleich gesagt!" und „Die selbsterfüllenden Prophezeiungen der Clementine", die weltweit in über 80 Sprachen übersetzt wurden und heute zur Pflichtlektüre der meisten Eltern und Bildungseinrichtungen gehören. Das zeigt wie groß die Unsicherheit im Umgang mit neuen Erfahrungen ist.

Sie werden sich vielleicht fragen, was mich dazu bewogen hat, zusätzlich zu all diesen Tätigkeiten jetzt auch noch in die Politik zu gehen. Die Antwort ist: Sie liegen mir am Herzen. Ja, Sie alle! Ich sehe es als meine Aufgabe, Sie zu beschützen vor den zahlreichen Gefahren, die da draussen lauern.

Das beste Beispiel dafür ergibt sich aus meinem Engagement als Agentin bei der BES (Behörde für emotionale Sicherheit), die mir besonders wichtig ist, weil sie Risikomissstände von erschreckender Tragweite offenlegt. Diese lassen sich nicht regional eindämmen, sondern müssen flächendeckend, ja global betrachtet werden.

Laut einer Studie der schwedischen Wissenschaftsakademie für Leid und Katastrophen besteht statistisch eine beinahe 100%ige Wahrscheinlichkeit, dass ein Leben mit dem Tod endet.

Es gibt gute Gründe, sich zu fürchten, die Panik ist berechtigt. Meine Kollegen bei der BES und ich haben daraus die Konsequenzen gezogen, wir stellen uns täglich dem Kampf gegen das organisierte Versprechen. Und wir haben uns auf die Fahnen geschrieben, insbesondere den Handel mit sogenannten „bewusstseinserweiternden" in Wahrheit aber hochgradig suchtbildenden Drogen, wie z.B. Träumen, einzudämmen.

Schon heute gibt jeder fünfte Geist an, gelegentlich den einen oder anderen Traum zu konsumieren, die Dunkelziffer ist viel höher. Dabei sind die Folgen des Konsums verheerend und die Gefahren werden weit unterschätzt. Bereits ein einziger Herzenstraum kann das klare Denken völlig verändern, was im gewohnten Alltag der Betroffenen zu schweren Belastungen führt. Das Aufbrechen eingefahrener Muster, Dogmenverlust und das Ablegen bewährter Masken sind die Folge. Darunter leiden vor allem Vernunftsentscheidungen und gewohnte Tagesabläufe. Verpflichtungen gegenüber Familie und Gesellschaft werden vernachlässig zu Gunsten gänzlich sinnferner Entfaltung neuer Ideen. Im weiteren Verlauf häufen sich bei den Süchtigen Beschaffungskriminalität bis hin zur Prostitution in Zweckbündnissen, nur um den begonnen Traum weiter zu verfolgen. Dazu kommt noch, dass viele Süchtige selbst anfangen zu dealen.

Der Entzug ist langwierig und schmerzhaft, die Rückfallquote erschreckend hoch und auch das Prinzip der Valentinischen Verdrängung* funktioniert nur phasenweise und erweist sich langfristig als wirkungslos. Am Ende steht nicht selten die völlige Selbstverwirklichung.

Besonders schockierend sind in diesem Zusammenhang kriminelle Organisationen wie Kunststipendien, Mäzenentum und der seit Jahrhunderten nicht ausrottbare Gedanke des bedingungslosen Grundeinkommens, unter deren Deckmantel unschuldige Geister zu aktiven Künstlern, Freidenkern und Visionären heranwachsen.

* siehe Seite 41

Gerade deswegen ist Prävention so wichtig, verehrte Wahrnehmende und Nichtwahrnehmende, diese Achse des Bösen muss rigoros bekämpft werden bevor ihr Terror die Grundfesten des eingeschränkten Denkens erschüttert. Für diesen Kampf stehe ich.

Gehen Sie auf Nummer sicher und geben Sie mir Ihre Stimme. Vertrauen Sie mir, ich will nur Ihr Bestes.

Kaltes Wasser

Pah, Sicherheit, wenn ich das nur höre! Dann können wir uns ja gleich zum Sterben in einem Keller einschließen. Leben ist zum Erleben da, es muss lebendig sein und manchmal auch wehtun. Wenn wir nie eine Gänsehaut hatten, uns nie der Magen knurrte, unsere Kleider nie bis auf die Haut durchnässt waren und im Kopf nie dieses euphorische Gefühl, etwas geschafft zu haben, was wir uns nicht zugetraut hätten, woher sollen wir dann wissen, ob wir je gelebt haben?

Es ist unsere Aufgabe, die Tage die wir haben, mit Abenteuern zu füllen, und das sage ich nicht nur, weil ich Britta die Abenteuerlust bin und man es von mir erwartet, sondern weil ich wirklich daran glaube.

Sterben müssen wir sowieso, wir alle, und niemand weiß wann es soweit ist. Der Tod lässt sich nicht planen, ebenso wenig wie das Leben. Und Jugend bietet genauso wenig Schutz vor dem Ende wie Vorsicht oder der alberne Versuch, alles richtig machen zu wollen.

Das Leben verzeiht Fehler, aber ungenutzte Chancen vergibt es fast nie, weil es dafür nicht konstruiert ist. Es gibt nichts Schlimmeres als verschwendete Lebenszeit, nichts Traurigeres als eine verpasste Gelegenheit, weil sie nicht wiederkommen, auch wenn die Sicherheitsfanatiker das gerne behaupten.

Worauf wartest du? Auf den richtigen Moment, der nie kommt? Auf das „Später", dass irgendwann zu einer ungelebten Erinnerung wird? Darauf dass es leichter wird? Es wird nicht leichter. Leben ist niemals leicht, es ist eine Herausforderung an deine Bereitschaft, Grenzen zu überwinden. Es wird kein edler Ritter erscheinen, der dich auf sein weißes Ross hebt und ins Märchenland entführt. Prinzessinnen, die Frösche nur zu küssen brauchen, um sie in Helden zu verwandeln, existieren nicht. Wach auf! Du wirst nicht zum bejubelten Rockstar so lange du strickend am Ofen sitzt. Wenn du willst was du noch nie hattest, dann tu was du noch nie getan hast, denn mit denselben Methoden kannst du unmöglich unterschiedliche Ergebnisse erzielen.

Hör endlich damit auf, Unabwendbares als Ausrede zu benutzen. Das Einzige was dich von Deinem Leben trennt, bist du selbst. Du bist nicht deine Vergangenheit und du kannst die Zukunft nicht sein, denn du lebst nur im Augenblick, jetzt und hier. Dein Leben beginnt und endet genau jetzt. Dies ist der erste Atemzug vom Rest deines Lebens und es könnte der letzte sein, du weißt es nicht. Willst du ernsthaft zu denen gehören, die am Ende ihrer Tage jammern: „Ich hatte noch so viel vor."?

Sieh in den Spiegel und hole Dir die Ehrlichkeit dazu. Ja, ich weiß, ihr Urteil kann verletzen, sie wählt oft harte Worte, aber sie ist die Beste, um dir die Augen zu öffnen. Was siehst du? Bist du das? Ist das alles von dir? Ist es das als was du der Welt erscheinen willst? Willst du so in Erinnerung bleiben? Hast du dein Leben gelebt, deine Möglichkeiten ausgeschöpft, deine Begabungen genutzt? Und ist es dir genug? Dann brauchst du nichts weiter zu tun, denn genau so wird es sehr wahrscheinlich bleiben, wenn du weitermachst wie bisher.

Aber wenn da mehr ist, wenn es einen Funken in Deinem Geist gibt, der brennen will, wenn du eine Sehnsucht im Herzen trägst, die dich zum Weinen bringt sobald du das Gefühl zulässt oder wenn es dich zornig macht wie wenig die Menschen um dich herum von dem sehen was du wirklich bist, dann tu etwas. Lass es raus!

Trage endlich das knallrote Kleid und den verrückten Hut, die du bisher nur in deinem Schrank bewundert hast. Kündige den Job, der dich nur noch frustriert. Löse dich von Menschen, die dich klein halten und nicht an dich glauben. Und geh deinen Weg. Niemand sonst kann das tun. Ja, natürlich ist das riskant, das hatten wir doch schon. Das Leben ist lebensgefährlich, komm damit klar!

Die Klippe ist grandios, da unten ist das Meer. Es sieht gut aus? Dann spring!

Das Wasser wird nicht wärmer wenn du dich mühsam abseilst und je höher der Standpunkt ist, von dem aus du springst, umso tiefer wirst du eintauchen.

Lemminge hat diese Welt schon mehr als genug.

Nein, ich kann dir nicht garantieren, dass du Erfolg haben wirst, niemand kann das.

Es gibt keine Sicherheit, nicht einmal dafür, dass du jemals irgendein Ziel erreichst. Im Gegenteil, die meisten von uns Abenteurern scheitern grandios. Manche schreiben sogar gerade deswegen Geschichte und werden zu einem Leuchtfeuer der Inspiration. Manche werden von ihren Zeitgenossen völlig verkannt und erst nach ihrem Tod von der Welt entdeckt. Und unendlich Viele verschwinden unbemerkt in vollkommenem Vergessen.

Aber sie alle haben irgendwann auf ihre Spuren geblickt mit der Gewissheit: „Ich habe es versucht." Und das ist tausend Mal wertvoller und viel besser zu ertragen als das schmerzhafte Bedauern, was vielleicht gewesen wäre wenn…

ABENTEUERLUST

Qualitätskontrolle

Guten Tag, Leopold Zweifel, mein Name. Ich bin Diplom-Statiker in der Sektion Gedankengebäude, Abteilung Neubauleitung und Altbausanierung. Mir wird oft nachgesagt, ich sei ein Miesepeter und Pessimist, dem ist nicht so, ganz im Gegenteil.

Wenn ich nicht an jedes neue Projekt mit dem Optimismus herantreten würde, dass es machbar ist, bräuchte ich morgens gar nicht aus dem Bett aufzustehen. Aber von Optimismus allein wird eine Lebensbrücke nicht zusammengehalten und ein Turm aus Idealismus bleibt auch nicht stehen, nur, weil Sie dran glauben.

Sie haben keine Vorstellung davon, mit was für gravierenden Planungsmängeln viele Bauanträge bei mir eingereicht werden. Dazu kommt noch, dass Energie und Materialien nicht unbegrenzt vorhanden sind. Ressourcensparendes Bauen wird heutzutage immer wichtiger. Wenn Sie jeden Spleen einfach drauflos mauern lassen, dann ist das Ergebnis oft nicht nur einsturzgefährdet, sondern es sind zusätzlich auch noch jede Menge Frust und schlechte Laune ins Erdreich gesickert. Einen derart verseuchten Baugrund können Sie nur noch metertief auskoffern und zur Deponie fahren. Das belastet alles die Umwelt! Emotionales Recycling ist aufwendig und teuer, das rechnet sich oft gar nicht, unterm Strich zahlen Sie drauf.

Wollen Sie ihr Potential gedankenlos verschleudern? Sicher nicht, Nachhaltigkeit ist die Maxime unserer Zeit. Deswegen prüfe ich sorgfältig und unter Berücksichtigung aller Standpunkte. Das kann einen Prozess verlangsamen, ja, gut Ding will Weile haben, aber mit Ausbremsen hat das nichts zu tun. Das ist Qualitätskontrolle.

Wenn Menschen in einen Laden gehen und sich beispielsweise eine neue Jacke kaufen, dann fallen ihnen ein fehlender Knopf oder eine offene Naht sofort auf, aber bei dem was manche Geister in ihrem Kopf zusammenzimmern, vernachlässigen sie nicht selten die grundlegendsten Regeln der Perspektive, von einem soliden Fundament ganz zu schweigen.

Die Bauvorschriften habe ich nicht erfunden, ebenso wenig wie die Naturgesetze, aber erstere haben ihre Berechtigung und letztere sind nun einmal da.

Wenn Sie ein Glaubensgerüst bauen wollen, dann müssen da Geländerbrüstungen aus gesundem Menschenverstand ran, brusthoch, damit das Herz kein Übergewicht bekommt. Und wenn ich nicht auf den Sicherheitssplinten aus doppelt gehärtetem Logik-Stahl bestehe, dann macht mir die Kollegin Angst aus der Sicherheitsabteilung die Hölle heiß, weil die Arbeitsschutzmaßnahmen nicht eingehalten werden.

Sie können keinen Lebensplan zur Kathedrale ausbauen ohne ein solides Fundament, das ist Fakt. Und wenn Sie bei einem Großprojekt, wie z.B. dem schiffbaren Kanal zwischen zwei Herzen, nicht wollen, dass es zu einem Grabenbruch kommt, dann macht es Sinn, ein paar gute Landvermesser einzustellen und von einem versierten Geologen die Bodenbeschaffenheit prüfen zu lassen.

Ich lege es nicht darauf an, Wunschgedanken und Herzensträume zu zerstören. Das passiert ganz von allein, wenn sie weder Hand noch Fuß haben. Gerade deswegen darf der Weg zum Ziel nicht zu leicht sein. Mein Prüfsiegel würde an Aussagekraft verlieren, wenn ich nachlässig wäre. Immerhin bin ich der Vater von Fortschritt und Erkenntnis und ich bin sehr stolz auf meine Kinder, sie werden die Menschheit weit bringen. Bis dahin bleibt es meine Aufgabe, aus dem Berg von unausgegorenen Gedanken, der täglich auf meinem Schreibtisch landet, das Machbare herauszufischen.

Verrückte Ideen sind meine Leidenschaft, ganz ehrlich, ich liebe sie. Und darum tue ich alles, um ihre Verwirklichung zu ermöglichen. Wenn ich einen eingereichten Antrag mit einem „ABGELEHNT" Stempel zurückschicke, dann heißt das nicht: „Lass den Scheiß!", sondern: „Denk nochmal drüber nach."

Ich textmarkere mir in meinen Fehleranalysen nicht die Finger wund, damit Sie das Ergebnis meiner stundenlangen Arbeit mitsamt Ihrer Träume in den Kamin werfen.

Nein, das sind Anregungen zur Überarbeitung. Eine Idee, die sich den Weg durch meine Qualitätskontrolle erkämpfen musste, hat auch Bestand in der Welt. Die ist erdbebensicher, da gebe ich Ihnen Brief und Siegel drauf.

Das Museum der Peinlichkeiten

Hören Sie auf, mich zu drängen, ich gehe ja schon nach vorn. Ist das wirklich nötig? Na gut... mein Name ist Erika, ich bin die Scham. Eigentlich ist es mir unangenehm, wenn alle mich anstarren. Ich stehe nicht gern im Mittelpunkt. Nein, ich bin nicht feige, ich bin die große Schwester der Feigheit und die Ex-Freundin der vorlauten Einwürfe. Wir leben getrennt, schon seit vielen Jahren, aber das gehört nicht hierher.

Ich bin nichts Besonderes, aber ich bin eine leidenschaftliche Sammlerin. Ich sammle Fehler. Nicht nur die Fehler meines Menschen, nein, auch die Fehler der Anderen, Im Fremdschämen bin ich ganz groß. Und genau darin besteht die Kunst, dass mir kein Sammelobjekt entgeht und sei es auch noch so klein und unscheinbar. Ich sammle auch die Querverweise: Jede hochgezogene Augenbraue, jedes falsche Lächeln, jeden schiefen Blick. Ich entdecke sie alle und sie werden alle sortiert, katalogisiert und archiviert.

Inzwischen habe ich eine ansehnliche Sammlung zusammengetragen. Und ich hege und pflege mein kleines Museum mit großer Sorgfalt. Es ist natürlich nicht für die Öffentlichkeit bestimmt, aber darauf kommt es mir auch nicht an. Rampenlicht und Presserummel sind nichts für mich. Obwohl ich einige Exponate in meinen Archiven habe, um die sich die Klatschpresse reißen würde. Von mir erfahren die nichts. Ich kann schweigen wie ein Grab.

Meine größten Anliegen sind Ordnung und Sicherheit. Ich will auf keinen Fall schuld sein, wenn eines meiner kostbaren Sammelstücke beschädigt wird oder verloren geht, denn diese Zeitzeugen sind wichtige Botschafter und Lehrer aus der Vergangenheit. Ich verstehe nicht, warum so viele Menschen, ihre Fehler loswerden wollen, vergessen was sie falsch gemacht haben, wenn doch die Erinnerung an den schrecklichen Schmerz des Moments die einzige Garantie dafür sein kann, diesen, falschen Schritt nicht noch einmal zu tun.

Ich behüte und bewahre die Fehltritte und unschönen Momente. Irgendjemand muss das ja tun. Und ich verstehe mich als mahnende Stimme aus dem Schatten neben den strahlenden Glanzlichtern des Lebens. Meine verantwortungsvolle Aufgabe ist es, zu verhindern, dass sich Fehler wiederholen. Ich verfolge dieses Ziel mit Leidenschaft und Hingabe. Sie können mir nicht vorwerfen, dass ich manchmal übertreibe oder über das Ziel hinausschieße. Wenn mir eine Situation bekannt vorkommt, reagiere ich geistesgegenwärtig und schnell, um Schlimmeres zu verhindern und den Schaden zu begrenzen. Ich arbeite eng mit Angst und Zweifel zusammen. Wir sind ein gutes Team, Meister der Schadensbegrenzung, könnte man sagen, und zwar nach innen und nach außen.

Wenn ich nicht ständig Rücksprache mit dem Stolz oder den Idealen halte, ist das keine Nachlässigkeit, nein, ich setze Prioritäten. Schließlich kann ich nicht auf alle Rücksicht nehmen. Der Selbstdarstellung höre ich schon lange nicht mehr zu, die steht so wie so den ganzen Tag lang nur vor dem Spiegel und hat mir nichts zu bieten.

Mir genügt es, im Mittelmaß zu bleiben, unauffällig, fleißig, bescheiden, wie es sich gehört. Aber wenn ich gebraucht werde, wenn die Alarmglocken schrillen und Gefahr im Verzug ist, dann bin ich da. Dann schieße ich blitzschnell hervor, poche glutheiß und signalrot in den Wangen, unterbreche mit Stocken und Stottern den gefährlichen Redefluss und sorge dafür, meinen Schützling so schnell wie möglich aus der Schusslinie zu holen: Augen niederschlagen, ducken, runter von der Bühne des Lebens, am besten auf der Stelle in einem Loch im Boden versinken.

Natürlich dankt es mir niemand. Die echten Freunde im Leben und die wahren Schätze werden immer verkannt. Was ich tue ist unscheinbar. Ich bin eben nicht der mutige Feuerwehrmann, der in das brennende Gebäude rennt, um die von Flammen eingeschlossenen Kinder zu retten... und die Katze! Nein. Ich bin die langweilige, kleine Angestellte, ganz hinten am Fließband in der Zündholz-Sicherheitskontrolle.

Und glauben Sie mir, ich habe heute schon mehr Brände verhindert, als ein Feuerwehrmann in seinem ganzen Leben löschen kann.

So, und jetzt nehmen Sie endlich diesen Scheinwerfer aus meinem Gesicht und hören Sie auf, mich anzustarren. Ich habe da hinten, in der vorletzten Reihe, eine Laufmasche entdeckt, die muss ich sofort sicherstellen. Wären Sie wohl so freundlich, den Sammelbehälter aufzuhalten?

SCHAM

Darf ich bitten, meine Damen…

Guten Abend, guten Abend! Ah, ist das schön, hier zu sein. Meine Damen, Sie sehen bezaubernd aus. Entdecke ich da eine neue Frisur, Fräulein Angst? Steht Ihnen ausgezeichnet. Madame Scham, Sie müssen in ihrem engen Zeitplan einen Termin für mich finden, um mir ihre neuesten Fundstücke zu zeigen, es ist schon wieder viel zu lange her.

Meine aufrichtige Entschuldigung an den Rest der Runde, aber die angenehme Ablenkung, meine lieben Freundinnen vorab zu begrüßen, müssen Sie mir gestatten. Für alle, die mich noch nicht kennen, erlauben Sie mir, dass ich mich vorstelle: Rodrigo Keskadez ist mein Name, Freunde nennen mich Keska. Ich bin der Mut.

Für gewöhnlich sieht die äußere Welt mich nicht, sondern nur die Ergebnisse meiner erfolgreichen Arbeit und ich gestehe, dass ich es genieße, einmal selbst im Rampenlicht zu stehen.

Manche sagen mir nach, ich sei ein Schmeichler, aber glauben Sie mir, das bin ich nicht. Nichts liegt mir ferner, als mein wertvolles Gegenüber mit manipulativen Heucheleien zu betrügen. Ich bin durch und durch ehrlich, aber großzügig mit Lob, denn ich erkenne und liebe alles Schöne. Und das liegt, wie der Kluge weiß, im Auge des Betrachters. Meine Aufgabe besteht darin, zu bewegen: zum Umdenken, zur Handlung, Erstarrtes in Fluss zu bringen und sanft in eine positive Richtung zu lenken. Ich habe davon gehört, dass einige meiner Kollegen in anderen Geistessystemen bei diesem Vorhaben recht grob und manchmal sogar mit Gewalt vorgehen. Solche Methoden lehne ich ab. Ich verstehe mich als Gentleman.

Nachdem Sie schon einige meiner, ohne jede Frage zauberhaften, Mitstreiterinnen aus der Abteilung „Risikomanagement" kennengelernt haben, denken Sie vielleicht, ich hätte einen schweren Stand. Nun, tatsächlich herrscht in unserem Kreis ein gewisser Mangel an Herren, aber ich sehe es als Herausforderung und als besondere Chance, mich stetig weiter zu vervollkommnen.

Es ist ein Tanz und mein Part ist es, die Richtung vorzugeben, das Tempo und den Schwung.

In einem Zirkel so starker und selbstbewusster Frauen, ist es nicht immer einfach, aber ich kann Ihnen versichern, und ich bin nicht ohne meinen guten Freund Stolz, wenn ich das sage, dass es mir inzwischen meistens gelingt.

Sie müssen verstehen: Eine Frau, die sich nicht führen lässt ist keine schlechte Tänzerin, oh nein, sie ist nur eine Frau, die nicht vertraut – noch nicht. Und es ist meine Aufgabe als Tanzpartner, dieses Vertrauen zu gewinnen und zu erhalten, mich dessen als würdig zu erweisen. Das ist die Kunst, der ich mich verschrieben habe, ein verlässlicher Wegweiser zu sein an den Kreuzungen des Lebens, ein stabiler Halt, wenn meine Dame strauchelt und wenn nötig auch eine starke Schulter, die trägt.

Natürlich ist es wunderbar, die Leichtigkeit eines Quicksteps mit den fröhlichen Idealen zu tanzen und mit meiner alten Freundin, der Abenteuerlust, lege ich Ihnen einen Rumba aufs Parkett, dass Ihnen schon von Zusehen ganz heiß wird. Und doch ist es immer wieder ein besonderes Erlebnis, die panische Flucht der Angst in einem schwungvollen Walzer aufzufangen, die Scham mit einem gewagten Cha-Cha-Cha aus ihrem Schatten zu locken oder den spröden Charme der Selbsttäuschung bei einem Tango schmelzen zu sehen.

Ich bin der Fels in der Brandung, jede einzelne, stürmische Emotion ist in meinen Armen willkommen. Ich bin nicht dafür zuständig, das Rollen der Wellen zu bremsen, dem Wind das Heulen zu verbieten oder das Feuer für seine Hitze zu tadeln. Das würde ich auch gar nicht wollen. Unter meiner Führung darf sich der Sturm des Lebens in einen Tanz der Möglichkeiten Verwandeln.

Und wissen Sie was? Das ist ein großartiges Gefühl.

Also: Musik, Maestro! Darf ich bitten, meine Damen…

Die Valentinische Verdrängung

Ohlala, du meine Güte, haben Sie den feschen Kerl gesehen, der gerade die Bühne verlassen hat? Was für ein Apfelpo. Ich gestehe, ich schwärme für den Mut. Wir tanzen gelegentlich miteinander, Merrrrrrenga… leider viel zu selten, die Karriere lässt mir kaum Zeit für Hobbies.

Meine Eltern nannten mich Valentin, was an sich schon ein Irrtum war und somit zu meiner Laufbahn als Täuschung passte. Nein, ich bin nicht schwul und auch kein Transvestit, ich bin im falschen Körper geboren, das ist ein Unterschied, aber Viele bringen das durcheinander. Kurioserweise spiegelt mein Beruf dieses Chaos aus Fehlinterpretationen und Missverständnissen. Es ist mir gewissermaßen in Fleisch und Blut übergegangen. Ich habe von klein auf gelernt, Masken zu tragen, um mich selbst zu schützen. Weil ich anders war als man es von mir erwartete. Ich habe den Harlekin gespielt, mir ein breites Lächeln in mein Gesicht geschminkt, um ein Bild vorzugaukeln, dem ich nicht entsprach.

In meinem Fall mag das besonders bildhaft sein, aber jeder von Ihnen kennt es, niemand ist frei davon.

Heute bin ich Valentina. Ich bin Schauspielerin und ich spiele immer noch Rollen, die eine engstirnige Außenwelt erwartet, aber inzwischen bin ich mir meines Selbst bewusst. Ich bin mit mir im Reinen und hinter meiner Maske weiß ich, wer ich wirklich bin. Heute spiele ich meine Rollen für Sie, für das Publikum. Damit Sie sich besser fühlen, wenn das Leben, die Mitmenschen oder Ihr eigener Selbstanspruch mehr von Ihnen erwarten als Sie leisten können. Das ist eine Überlebensstrategie, glauben Sie mir, es ist nichts Falsches daran. Sie verdanken mir unzählige Nächte in denen Sie selig durchgeschlafen haben wie ein Baby, anstatt sich stundenlang in Grübeleien und Selbstvorwürfen hin und her zu wälzen.

Zu wenig Schlaf ist sehr ungesund, und macht Falten.

Ich bin Künstlerin, ein verkanntes Genie. Manche kritisieren, dass ich nur Nebenrollen spiele, aber die spiele ich verdammt gut. Sie haben mich alle schon gesehen auf der Bühne Ihres Lebens, aber Sie erkennen mich nicht wieder.

Das ist das Los der Nebendarsteller, in meinem Fall aber auch ein Zeichen für echtes Können, denn, wenn ich nicht so unauffällig wäre, so perfekt mit der Rolle verschmolzen, so alltäglich und normal, dann würde ich meine Aufgabe nicht erfüllen.

Ich will Ihnen einige Beispiele nennen, um Ihrem Gedächtnis auf die Sprünge zu helfen. Begonnen habe ich meine Karriere noch in männlichen Rollen, z.B. als IRRWEG in „Was ich zu wissen glaubte" und SELBSTBETRUG in „Der innere Schweinehund". Sie erinnern sich, nicht wahr? Das sind echte Klassiker, die hat jeder erlebt.

Für mich selbst begann mein Leben erst wirklich als ich in „Gute Vorsätze fürs neue Jahr" als die TÄUSCHUNG in einer weiblichen Rolle mein Coming Out feiern durfte. Ich spielte auch die VERWIRRUNG in „Liebesdingen" und vielleicht hat der Eine oder die Andere mich in dem beliebten Bühnenstück „Alltag einer Beziehung" gesehen? Ein mitreißendes Drama, ich habe die FAULE AUSREDE gespielt, brillant, wie einige Kritiker meinten. Oh, und Sie kennen mich sicher auch als ABLENKUNG, ZERSTREUUNG und VERDRÄNGUNG in diversen Inszenierungen von „Der schöne Schein".

Leider bin ich das mit mir verbundene Klischee nie ganz losgeworden. Ich träume davon, eines Tages wirklich anerkannt zu werden und gänzlich verwandelt und frei ins Rampenlicht zu treten als die Hauptrolle im Theaterstück des Seins, als die WAHRHEIT… aber das kann dauern. Jemand wie ich bekommt so eine Chance nicht, dazu sind noch zu viele Balken in den Köpfen der Menschen und sie müssten erst einmal lernen, sich selbst zu vergeben.

Trotzdem, ich gebe die Hoffnung nicht auf - niemals.

Schnelle Pferde

Nein, ich hätte absolut nichts dagegen, wenn die Täuschung mich filmisch verkörpern würde. Ich bewundere ihre Kunst, sie ist eine großartige Schauspielerin. Außerdem ist sie viel hübscher als ich und hat deutlich mehr Charisma, das würde mir sogar schmeicheln.

Allerdings bin ich mir nicht sicher, ob sie an der Rolle wirklich Freude hätte. Mein Leben ist viel langweiliger als die Meisten erwarten. Ehrlich gesagt bin ich erstaunt, dass Sie mich gefunden haben. Ich werde fast immer übersehen. Fast alle Wahrheitssucher erwarten einen großen, breitschultrigen Kerl oder eine beeindruckende, langbeinige Schönheit mit goldenen Locken, aber große Wahrheiten gibt es nicht. In meiner Familie sind alle eher schmächtig.

Die Wahrheit ist nicht schön. Sehen Sie mich an: ungeschminkt, drahtig und zäh wie ein Stück altes Sattelleder und so klein, dass Sie mühelos über mich hinwegsehen. Ich bin alltäglich und begegne Ihnen überall. Ich stehe quasi an der Supermarktkasse direkt vor Ihnen, aber Sie bemerken mich nicht. Selbst mein Beruf ist weniger beeindruckend als er scheint. Ja, ich bin Jockey, das klingt erstmal aufregend, aber glauben Sie mir, es ist ein harter Job, wenig abwechslungsreich mit vielen, sich wiederholenden Routinen.

Ich bin dazu gekommen wie die Jungfrau zum Kinde, nur, weil vor langer Zeit die weise Voraussicht, zu mir sagte, die Wahrheit brauche ein schnelles Pferd. Also habe ich mir die Galopprennstrecken der Welt angesehen und blieb. Es beruhigt mich, in Bewegung zu bleiben. Vielleicht liegt es daran, dass ich in der Vergangenheit oft verfolgt wurde. Außerdem mag ich Pferde und, wie soll ich sagen, ich habe den richtigen Körperbau und die richtige Einstellung. Ich sehe wie es ist und muss nichts daran ändern. Das ist nicht mein Job. Mein Job ist es, den Gaul ins Ziel zu bringen, möglichst eine Nasenlänge vor allen anderen. Und wenn dann für ein paar Sekunden die Kameraobjektive auf uns gerichtet sind, wird dem Pferd das mich getragen hat mehr Aufmerksamkeit geschenkt als mir.

Mit meiner guten Freundin Ehrlichkeit betrachtet, tun wir den armen Viechern hier eine Menge Grausamkeiten an, die in einer modernen, zivilisierten Welt eigentlich nichts zu suchen haben. Das ist bequem, wir bleiben bei dem was funktioniert anstatt uns mühsam und langwierig in neue Ideen einzuarbeiten, die vielleicht besser funktionieren könnten oder auch gar nicht. Das Risiko ist einfach zu groß, das kann teuer werden und es geht um viel Geld. Ich sag nur wie es ist. Jeder der hinsieht, kann das erkennen.

Die Ideale hätten vermutlich das Bedürfnis, etwas zu ändern. Sie würden sofort Fotos machen und eine Enthüllungsstory schreiben, eine Tierschutzdemo veranstalten und Spendengelder zur Rettung der gequälten Kreaturen sammeln. Bewundernswert, dieser Enthusiasmus, aber ob sie wirklich etwas bewegen können, bezweifle ich. Wenn sie sich berufen fühlen, die Welt zu verändern, sollen sie. Ich bin zu alt für sowas.

Oh nein, ich bin nicht durch und durch pessimistisch. Erfahrungsgemäß ändert sich die Welt durchaus, aber langsam. Wer das bewusst beobachten will, braucht Geduld. Und die sitzt, soweit ich weiß, in einer Höhle im Himalaya und meditiert. Wie auch immer, es ist wie es ist und nicht meine Aufgabe, etwas Anderes zu bewegen als mein Reittier.

Ich bin jedenfalls hier und ich habe einen ganz normalen Alltag. Wenn Sie die Wahrheit kennenlernen wollen, schauen Sie einfach hin und lassen Sie die anderen Gefühle zu Hause. Egal ob positiv oder negativ, je mehr Seinszustände Sie in unsere Unterhaltung reinquetschen, umso weniger hören Sie von mir. Meine Stimme ist nicht laut und ich habe auch keine Lust zu schreien.

Und erwarten Sie nicht zu viel. Die Wahrheit zu kennen, verändert gar nichts. Das müssen Sie schon selber tun.

Haste mal 'n Euro?

Namsté, ick jrüsse dir, Noah is meen Name. Haste mal 'n Euro?

Ne, Freund, ick bettle nich. Dat is een Anlajeanjebot, du kriegs ooch wat dafür. Weeste, icke hab dir ja nich zufällich ausjesucht, du siehst so jestresst oos und ick globe, ick kann dir helfen. Für een einzijen Euro spiel ick deen Lied für dir. Du musst nur zuhörn und deen Herz öffnen und denn wird eener von deene Wünsche wahr.

Ja, irjendeener, dat Thema kannste frei aus meen Repertoire wählen. Lass ma sehn, also icke hab hier: spirituelle Erleuchtung, Heilung von alle Krankheiten, deen wahre Liebe finden, Kindersejen, glückliche Familie, Erfolch am Beruf, künstlerische Inspiration, allumfassendet Wissen un massehaft Jeld. Für een kleen Oofpreis mach ick dir ooch deen janz persönliches Musikpaket.

Ne, echt jetz, det is keen Beschiss, ick wees jarnich wie lüjen jeht. Klar jeht ooch Jeld, Jeld is ooch nix Andres als materiejewordene Fülle, also Enerjie. Un Enerjie is Jott un Jott is überall. Also hey, natürlich kann ma Reichtum sinje und tanze! Deswejen is ja ooch det eene Euro so wichtich, dat is Enerjieoostausch, verstehste, damit das Jute zu dir fliesse kann, damit da überhaupt Platz is in dir für die Erfüllung deener Wünsche.

Ach watt, deen Relijion spielt überhaupt keene Rolle. Watt icke hier mache is konfessionslos und det passt ooch nich für Jeden, musste dir schon druff eenlassen. Der Zweifel, weeste, der jeht ümmer vorbei. Is aber ooch o.k. Du kannst dir frei entscheiden, für oder jejen Wachstum. Mer ham alle de freie Wahl.

Icke erklär dir ma wie das jeht, is janz eenfach: Also, du kommst zu mir un gibst mir det Euro, am besten jede Tach, damit mer ooch sicher alle Blockaden in dir ooflösen. Dann setz du dir kurz bei mir, dauert nur een paar Minuten, un ick spiel deen Lied für dir, janz individuell. Du brauchst dir nur die Zeit nehm un deen Herz öffnen.

Die Enejien fliesse janz von alleen, dat musste nich bejreifen, wirken tut et trotzdem.

Kiek ma, da kommt Hoffnung, dat is ne Stammkundin von mir. Die hat schon richtich viel für sich verännert mit meene Technik, hat jetz ne voll knorke Aura. Merkste auch, wa? Hoffnung kann richtich leuchten. Super schöne Füjung, dass se jerade jetz rumkommt. Wenn det keen Zeichen für dir is, denn wees ick ooch nich. Dat Jöttliche sechnet dir, Kumpel, erjreif die Chance, mach wat draus!

Det ist jedenfalls jut investiertes Jeld. Ick meen ja nur, worin könnteste besser investieren als wie in dir selber und deen inneres Wachstum, in Heilung un Fülle? Ma ehrlich, hört sich doch jut an, wa?

Na, is deene Entscheidung, sollteste dir aber wert sein, findste nich? Ick will dir jarnich dränjen, denk ma in Ruhe drüber nach, icke bin morjen ooch noch hier, immer anner selbn Stelle am Park.

Ne, beweesen kann icke dir dat nich, da musste eenfach dran jlooben.

Visionen

Es ist nicht zu viel verlangt, perfekt zu sein. Jeder kann sein Potenzial voll ausschöpfen und die beste Version seines Selbst erschaffen und es spricht auch nichts dagegen, alles richtig zu machen. Wer das nicht tut, ist einfach nur faul.

Ja, jetzt kommen die Ausreden: keine Zeit, zu wenig Geld, zu müde, zu alt und die anderen machen das ja auch nicht – blablabla…

An dieser Stelle kommen immer die Ausreden, das ist ganz normal. Meine Zwillingsschwester Cim und ich kennen das schon. Die Trägheit wehrt sich mit Händen und Füßen gegen uns. Minderwertigkeitsgefühle und schlechtes Gewissen erzeugen immer Ablehnung und Protest, das ist eine absolut natürliche Reaktion. Wir verstehen das. Wer uns gegenübersteht, muss sich minderwertig fühlen, denn wir sind Caylan und Cimberlay, die Ideale, und wir sind perfekt. Im Laufe der Zeit haben wir gelernt, mit dieser Form der Gegenwehr umzugehen. Wir ignorieren sie einfach.

Du kannst deine Protesttafel mit den angeblichen Grenzen menschlicher Perfektion so oft hochhalten wie du willst, uns interessiert das nicht. Und das ist gut so, denn du brauchst uns. Wir sind die Richtschnur an deinem Maßband, das Leuchtfeuer im Sturm des Alltags, das Eichmaß für die Waage deiner Entscheidungen. An uns bemisst du deinen Platz in der Welt. Wir werden dir nicht den Gefallen tun, zu sagen es sei o.k., wenn du uns einmal nicht folgst, denn es ist ein Fehler, in jedem Fall.

Klar, du kannst moralisches Fast Food in dich hineinstopfen so viel du willst und als Folge davon nur gequirlte Scheiße von dir geben, bitteschön, das ist deine freie Entscheidung. Akzeptieren müssen und werden wir das nicht. Wir sind immer da, die niemals schweigenden Stimmen in deinem Kopf und je mehr Mist du baust, umso mehr quälen wir dich.

Wir erinnern dich an den Klimaschutz, wenn du dich auf deine Urlaubsreise in den Süden freust, halten dir Qualbilder von Massentierhaltung vor die Nase während du dein Steak genießt und zeigen dir Videos von brennenden Urwäldern direkt neben deinem Tofu Burger. Selbstverständlich ist es möglich, nur noch Bioprodukte zu kaufen, ohne Smartphone zu leben und jeden Tag eine Stunde lang mit dem Fahrrad zur Arbeit zu fahren, das ganze Jahr über und bei jedem Wetter. Wir besitzen diesen Planeten nicht, wir verwalten ihn nur und bisher tun wir das erschreckend schlecht.

Natürlich kannst du den Job ablehnen, der dich nicht erfüllt und deinen Traum leben. Du kannst als Chef deinen Mitarbeitern das Doppelte vom üblichen Lohn zahlen, auch wenn die Konkurrenz das nicht tut und deine Work-Live-Balance so gestalten, dass deine Kinder dich auch mal zu sehen bekommen. Das geht. Es ist deine Entscheidung wo du deine Prioritäten setzt.

Jeder kann gepflegt und gut gekleidet das Haus verlassen und seinen Mitmenschen mit Respekt begegnen, sich sozial und politisch engagieren und auch noch am kulturellen Leben teilhaben... alles nur eine Frage der Organisation. Ohne jeden Zweifel kannst du selbst einem verhassten Menschen mit vollendeter Höflichkeit begegnen, ohne zu heucheln oder dich zu verbiegen. Nein, das widerspricht sich nicht. Hast du es schon mal mit Yogaatmung versucht?

Auch eine alleinerziehende Mutter mit vier Kindern kann nebenbei noch Sport machen und einen Marathon laufen und du kannst auch in fair gehandelten Ökoklamotten richtig gut aussehen. Was? Schicke Ökoklamotten in deinem Stil gibt es nicht? Worauf wartest du? Produziere sie!

Du brauchst keinen Alkohol, um dich zu entspannen und keine Drogen, um so richtig abzufeiern, das geht auch nüchtern und clean, einfach mit guter Laune.

Es gibt keine Entschuldigung dafür, wenn du ungeduldig oder ungerecht gegenüber deinen Kindern bist. Sie spiegeln dir nur deine eigenen Fehler. Und wenn deine Partnerschaft in Scherben liegt, tja, dann krieg den Arsch aus den Kissen und kitte sie. Das hast du deinem Partner schließlich versprochen, damals, als ihr frisch verliebt ward, und das schuldest du dir selbst.

Wenn deine Knie und dein Kreislauf unter 20kg Übergewicht ächzen, dann ist eine konsequente Diät nicht nur eine Möglichkeit, sondern deine verdammte Pflicht. Dein Körper ist ein Geschenk, es ist Deine Verantwortung, gut für ihn zu sorgen und es ist auch nicht nötig, dem gesellschaftlichen Sozialsystem mit vermeidbaren Kosten auf der Tasche zu liegen.

Kurz: Du kannst ein perfektes Leben leben und aus jedem Augenblick das Allerbeste machen. All das ist längst bewiesen, denn es gibt ja Menschen, die es tun.

„Ich kann nicht." heisst „Ich will nicht." Und über das was du willst oder nicht willst hast du die alleinige Kontrolle, die kannst du auf nichts und niemanden abschieben. Also hör auf zu jammern und fang an, das Richtige zu tun, immer, überall, konsequent.

Ja, das ist anstrengend! Hat irgendjemand behauptet du wärst zum Relaxen hier? Das ist kein Urlaub, das ist dein Leben! Nutze es.

Du weißt, was richtig ist. Und wir sind dafür zuständig, dich daran zu erinnern. Jedes Mal, wenn deine Unzulänglichkeit dich auszubremsen droht oder du im Sumpf der Bequemlichkeit versinkst, holen wir dich aus deiner Komfortzone und machen dir die Hölle heiß. Sieh uns an: Wir sind vollkommen in allen Bereichen. Wir sind der Beweis, dass es möglich ist, weil wir existieren. Und wir sind rund um die Uhr für dich da. Für unsere Freunde nehmen wir uns immer Zeit. Du kannst dich jederzeit an uns messen. Wir stellen dich gern in den Schatten, damit dir ein Licht aufgeht.

Ohne uns würde die Menschheit heute noch in einer Höhle sitzen, stumpfsinnig die nackten Felswände anstarren und Probleme mit einer Keule lösen. Zum Glück gab es auch damals schon Einzelne, die den Gedanken zugelassen haben: „Da geht noch mehr." Und deren kunstvolle Höhlenmalereien bewundern wir heute noch.

Es geht immer noch mehr, egal wo du stehst und wie weit du es schon gebracht hast. Und selbst wenn unsere höchsten Ziele für Menschen tatsächlich unerreichbar sein sollten... Was spricht dagegen, über diese jämmerliche Daseinsform endlich hinaus zu wachsen? Warum das ewig Unvollkommene nicht endlich überwinden und hinter dir lassen? Vollkommenheit ist nicht das Ende, es ist nur die nächste Stufe auf der Evolutionsleiter.

Und danach... jede Wette, da geht noch mehr.

Ich putze.

Привет (privijet), ich mache nicht viele Worte, das ist nicht meine Sprache. Ich habe Arbeit, ich putze. Was lachst du mit deine kleine Bilder hinter deine enge Stirn?

In meiner Heimat ich war fleissige Schülerin mit sehr gute Schulnoten. Ich habe…изучать (isotschat), wie sagt ihr… studiert. Das habe ich, ich war Beste in Jahrgang. Nicht umsonst ich trage Namen von große императрица (imperatriza) Katharina!

Du glaubst ich komme her in deutsches Herz weil ich brauche dich? Njet, nicht wahr. Deutsches сердце (sjertze) viel ist im Kopf, viel zu sehr, zu oft. Es ist nicht gesund. Ich bin aus Russland, habe russisches Herz, russisches Herz kennt sich aus mit Seele. Deswegen ich bin hier, weil du brauchst mich.

Ich putze mit Tränen, das ist gutes Putzmittel, aber ich brauche genug davon, ganzen Eimer voll, sonst ich kann nicht ordentlich wischen Boden wo du stehst drauf. Du auch kannst nehmen EIN Schluck Wodka, ist auch gutes Putzmittel, löst горе (gorje), Kummer. Aber nicht zu viel! Kummer ist wie Mann und wir alle wissen was passiert wenn Mann trinkt zuviel. Dann er völlig löst sich auf, wird zu weich und nichts geht mehr, ничего (nitschewo).

Ich putze deine Seele und Flure wo gehen deine Gedanken. Auch Spiegel ich putze, damit du wieder kannst sehen dich selbst. Und Klo, natürlich ich auch putze. Klo sehr wichtig zum Loswerden von alter Gram. Vergesse nicht zu benutzen Spülung! Das ist Knopf wo steht drauf „loslassen". Ist nicht meine Aufgabe, du musst selber tun.

Russische Seele versteht траур (traur), Traurigkeit, versteht warum es ist wichtig, laut zu schreien, wenn es tut weh. Nicht, damit andere hören, njet, damit du hörst selbst und wirklich merkst was ist los. Wenn andere hören ist auch gut, dann sie können kommen und helfen, aber viel wichtig ist, dass du hörst selbst.

Sonst du stapelst deine Schmerz im Hinterzimmer bis es fängt an zu stinken. Und das ist Gestank, puh, der dich treibt aus Leben, ich sage dir.

Und deswegen du brauchst mich. Und понятно (poiadne), verstehe, du brauchst mehr mich als ich brauche dich. Ich bin Hilfe in dunkler Zeit. Ich bin schon da, wenn alle anderen noch schlafen. Ich komme zu dir, wenn alle anderen schon sind gegangen und mache Arbeit. Ja, ich bin deine подруга (padruga), deine Freundin und ich bleibe so lange du brauchst mich, egal wie lange dauert.

Ich bin da, ich putze.

So, also jetzt bitte alle heben Füße, damit ich kann wischen Boden!

Eine Brust voll Orden

Gestatten, Julius Stolz, auch genannt Cäsar. Ich vermute, dieser Spitzname war ursprünglich als Scherz gemeint, aber ich habe mir vorgenommen, ihn als ernsthaften Ansporn zu betrachten. Ich bin erster Kommandant im hiesigen Sinnregiment. Unter meinem Befehl stehen ca. 90 Milliarden Nervenbahnen, an die 100 Billionen Körperzellen und – naja – ein ganz ordentliches Immunsystem.

Als ich meinen Dienst vor gut 4 Jahrzehnten antrat, war das noch ein recht liederlicher Haufen, aber unter meiner straffen Führung hat sich mein Körper-Geist-Bataillon ganz passabel entwickelt. Selbstverständlich sind wir noch lange nicht am Ziel, nach dem Sieg ist vor dem Sieg. Es gibt immer noch etwas zu verbessern und Disziplin und Ausdauer sind die Grundpfeiler des Erfolgs. In diesem Punkt stimme ich mit Vernunft und Ordnung völlig überein. Allerdings sehe ich nicht ein, mich in der Masse zu verbergen und warum ich es nicht genießen sollte, wenn das Leben mir nach überstandener Schlacht einen Orden an die Brust heftet.

Ich bin stolz, nicht nur auf meine Erfolge, sondern auch auf jeden einzelnen Schritt, der mich dorthin geführt hat. Das Schulterklopfen und Händeschütteln habe ich mir redlich verdient. Was ist falsch daran, sich im Ruhm zu sonnen, der hart erkämpft wurde? Er wurde oft genug teuer bezahlt mit Blut, Schweiß und Tränen. Und dass Lorbeeren viel zu hart und scharfkantig sind, um ein bequemes Ruhelager zu ergeben, weiß jeder, der einmal versucht hat, sich darauf auszustrecken.

Einen derart sprunghaften Geist, wie den meines Menschen, im Zaum zu halten, ist natürlich eine Herausforderung, besonders wenn (wie in meinem Fall) auch noch die Kreativität eines Künstlers dazukommt. Aber es locken auch Ruhm und Ehre in einer Größenordnung, die ihresgleichen sucht und das ist anderen Formen des Erfolgs in jedem Fall vorzuziehen.

Den Plan, das künstlerische Schaffen mit gleichsam finanziellem Gewinn zu verbinden, habe ich trotzdem noch nicht ganz aufgegeben.

Ich weiß, dass ich mich keiner großen Beliebtheit erfreue, da es vor ein paar Jahrhunderten aus der Mode gekommen ist, auf Erreichtes öffentlich stolz zu sein. Wie genau es dazu kam haben ich und die gemeinsam mit mir abgestiegenen alten Tugenden erst nach und nach begriffen. Es war ein ausgeklügelter Putsch. Und ich komme nicht umhin, die Raffinesse dieser psychologischen Kriegsführung zu bewundern, mit der die alten Kirchenväter all jene Tugenden zu Sünden erklärten, die den Menschen wach, rebellisch und schwer lenkbar machen. Sie wussten genau was sie taten und nutzten, um ihre Ziele zu erreichen, oft genug selbst die alten Werte, die sie verdammten. Ihre Methode der üblen Nachrede hat über Jahrhunderte funktioniert und hatte streckenweise vielleicht sogar ihre Berechtigung. Einem derartigen, militärischen Geschick kann ich nur mit Achtung begegnen.

Die Lust hat sich als Erste wieder erholt. Sie konnte schon aus Reproduktionsgründen nie ganz unterdrückt werden und hat den Vorteil, dass sie Spaß macht. So ist sie schon zu Beginn des letzten Jahrhunderts erneut zur Pop-Ikone aufgestiegen, wie unzählige Male zuvor. So lange die Menschheit existiert, wird sie ihren Platz behaupten. Sie ist aber auch die Älteste von uns allen und hat allein dadurch schon gewisse Vorrechte.

Auch die Wut reißt wacker an ihren Ketten und hat sich im Laufe der Generationen immer mal wieder losgerissen, völlig zu Recht wie ich finde. Ungerechtigkeit kann sie einfach nicht ertragen.

Besonders hart hat es meinen alten Lehrmeister, den Neid, getroffen. Er wurde vollständig seiner ursprünglichen Identität beraubt und da er der ritterlichste von uns allen ist, hat er diesen hinterhältigen Nackenschlag bis heute nicht verwunden.

Kurioserweise hat die Siebte im Bunde, die Faulheit, vor unserer Vertreibung aus dem Paradies noch nicht mal existiert. Sie ist gar keine eigenständige Emotion, sondern nur ein Symptom für das Fehlen alter Werte. Der freie Mensch ist von Natur aus strebsam, ein aktives, ehrgeiziges Wesen voller Neugier, das nur ruht, wenn sein Körper oder sein Geist Erholung brauchen. Manchmal braucht er viel davon, aber mit Trägheit hat das nichts zu tun. Dass die neuen Mächtigen von allen erfundenen Unarten ausgerechnet die Faulheit am meisten fürchten, ist ein Paradox, das ich mit meinem alten Kopf wohl nicht mehr werde begreifen können.

Was ein gesundes, lebendiges Wesen am Aufstehen hindert, ist selten ein Mangel an Antrieb, sondern weit häufiger ein Mangel an Sinn und den konnten wir alten Werte weit besser vermitteln. Das Tragische ist, dass die Menschen inzwischen merken, dass ihnen etwas fehlt. Aber anstatt sich auf erprobte Prinzipien zu besinnen, haschen sie neumodischen Trendemotionen wie Glück oder Kurzweil nach und übersehen dabei uns alte Recken.

Langfristig könnten wir ihnen viel mehr nützen, aber um uns, muss man sich bemühen. Ausdauer scheint aus der Mode gekommen zu sein. Stattdessen wählen immer mehr Menschen die Angst in ihr Parlament, lassen sich von Oberflächlichkeit beraten und jagen einem sprunghaften Glück hinterher, das so wie so jeden Wettlauf gewinnt.

Mit angemessener Wut, berechtigtem Stolz, belebender Lust, motivierendem Neid, ehrlichem Egoismus, Neugier und dem nötigen Mut, würden wir die Welt weit besser regieren. Nun, das muss jeder für dich selbst herausfinden.

Mir bleibt unterdessen, die Stellung zu halten und mein Banner nach dem Herzen auszurichten und nicht wie ein Fähnchen nach jedem launischen Wind. Im Ausharren bin ich geübt, Belagerungen habe ich viele erlebt. Zu meinen engsten Freunden gehören Geduld und Zielstrebigkeit und wer mich kennt, der weiß, dass auf mich Verlass ist.

Mir ist bewusst, ich verlange viel von meinen Untergebenen, Ehrgeiz ist ein gnadenloser Antreiber und damit mache ich mich selten beliebt, aber irgendjemand muss dafür sorgen, dass den hehren Ideen und schönen Worten auch Taten folgen. Ich verlange nichts, was ich nicht auch selbst zu geben bereit bin, deswegen gestatte ich mir keine Schwäche oder Nachlässigkeit.

Nur an meinen wenigen freien Tagen, pflege ich den Müßiggang und erlaube mir, mit Grillen nach Komplimenten zu fischen. Schließlich braucht jeder mal eine Pause.

Auf die Knie!

Willkommen in der Halle der Unterwerfung bei Lady Rebecca. Ich bin die Beherrschung in Persona. Sind Sie auf Empfehlung hier? Mein Angebot reicht von gemäßigtem Bondage über alle Ebenen der Bestrafung bis zur völligen Versklavung. Wenn Sie sich einen Moment Zeit nehmen, diesen Fragebogen auszufüllen, kann ich auf ihre ganz persönlichen Wünsche eingehen. Selbstverständlich werden alle Ihre Daten streng vertraulich behandelt.

Sie wollen nur reden? Von mir aus, wenn Sie den üblichen Stundensatz bezahlen.

In dem Fall... Macht es Ihnen etwas aus, wenn ich die Lederstiefel ausziehe? Die Teile sind nämlich mörderisch eng. Wie ich zu meinem Beruf gekommen bin? Ach, wissen Sie, wie es im Leben so geht...

Ich habe nicht geplant, hier zu landen. Ursprünglich wurde ich als Wunschtraum geboren und hätte gern Kunst und Literatur studiert, vielleicht auch Philosophie, aber dann ist in meinem Leben ziemlich viel schiefgelaufen und Domina zu sein ist noch die erträglichste Form der Prostitution. Zumindest bleibe ich aufrecht und angezogen und muss niemanden über mich rüber rutschen lassen.

Sie werden Verständnis dafür haben, dass ich keine Namen nenne. Diskretion ist ein entscheidender Erfolgsfaktor in meinem Metier. Aber ich denke, ich gehe nicht zu weit, wenn ich ausspreche, dass viele meiner Kunden sehr erfolgreich sind, Persönlichkeiten von Rang und Namen, beeindruckende Erscheinungen mit Einfluss und Macht. Oft finden gerade die starken Charaktere ihren Weg zu mir. Im Alltag ständig wichtige Entscheidungen treffen zu müssen, Verantwortung zu tragen und Stärke zu zeigen, scheint bei manchen Wesensarten den Wunsch zu wecken, auch das genaue Gegenteil zu erleben.

In meinem eigenen Leben war es eher umgekehrt.

Ich habe mich immer klein gemacht, um nicht aufzufallen und bloß keine Umstände zu machen. Ich war ein stilles, schüchternes Kind. In der Schule habe ich kaum den Mund aufbekommen. Wer mich heute in Lack und Leder sieht, der kann sich das nicht mehr vorstellen.

Niemals würde ich jemanden gegen seinen Willen quälen, dazu bin ich ein viel zu friedliebendes und empathisches Geschöpf. Aber sie kommen ja zu mir und bitten mich darum. Sie bezahlen mich sogar dafür und das nicht zu knapp. Warum sie das tun, geht mich nichts an. Ich weiß nicht, ob die Emotionen, die mich buchen, das Gefühl haben, etwas falsch zu machen oder unerwünscht zu sein und Strafe zu verdienen. Unsere Gesellschaft gibt ziemlich feste Wertungen vor und die Toleranz bewegt sich nach wie vor in sehr kleinen Kreisen. Sie ist eben eine scheue Persönlichkeit und Vielen ist der Umgang mit ihr zu anstrengend.

Ich bin kein Psychologe, ich erstelle keine Diagnosen und ich heile auch nicht. Ich befriedige nur akute Defizite. Und wenn ich während einer Session Schmerz oder Scham wecke (sie wohnen nun einmal direkt nebenan und die Wände sind dünn wie Papier) sind meine Kunden hinterher trotzdem erleichtert und dankbar für meine Arbeit. Manche können sich sogar nur dann entspannen, wenn ich sie schlage. Sie sagen, ohne mich würden sie völlig aus dem Ruder laufen. Einige tragen auch im Alltag versteckt meine Riemen und Handschellen, manche Kräfte sollte man lieber nicht entfesseln.

Hin und wieder vergesse ich sogar für einen Moment, dass ich selbst schuld an allem bin. Ich ganz allein. Ja, es hat äußere Faktoren gegeben und jeder der meine Geschichte hört, hat Verständnis für die Entscheidungen, die ich getroffen habe. Und doch wäre alles ganz anders gekommen und ich heute eine andere Person, wenn ich rechtzeitig den Mut gehabt hätte, ich selbst zu sein und zu meinen Bedürfnissen und Träumen zu stehen, anstatt mich anzupassen.

Ich vermute, dass ich gerade deswegen hier gelandet bin. Manchmal genieße ich es sogar. Ständiger Misserfolg und wiederholte Zurückweisungen machen traurig und aggressiv.

Es kann befreiend sein, den ganzen angestauten Frust an jemand anderem auszulassen, jemanden zu bestrafen als wäre er schuld an meinem verkorksten Leben. Oft bekomme ich an solchen Tagen von meinen Kunden die Rückmeldung ich sei heute eine besonders gnadenlose und fordernde Herrin gewesen. Sie empfinden das als außerordentlich befriedigend und mich macht ein solches Lob stolz. In gewisser Weise habe ich durch meinen Beruf einen Ausgleich für meine innere Frustration gefunden, aber nur oberflächlich.

An den wirklichen Verhältnissen ändert sich gar nichts. Der Kunde verliert kein bisschen von seinem Einfluss oder seiner Macht, wenn er zu mir kommt. Er hat die Mittel und die Möglichkeit, sich eine Auszeit zu erkaufen und ich bediene seine Bedürfnisse. Ich kann noch so eindrucksvoll mit der Peitsche knallen, unterm Strich bin und bleibe ich eine Untergebene und erbringen eine Dienstleistung.

So geht alles in seinen gewohnten Bahnen. Die Machtverhältnisse bleiben immer dieselben, ganz egal wer gerade oben steht und wer unten liegt. Wir können uns verkleiden und maskieren und einstudierte Rollen spielen, aber im Kern bleiben wir doch immer die, die wir waren.

In Wirklichkeit bin ich immer noch die Sehnsucht, aber davon kann man ja nicht leben.

BEHERRSCHUNG

Alles hat Grenzen!

Mein Name ist Anesh, das bedeutet „stilles Wasser". Ich bin die Toleranz.

Ich bin Autist und ich bin sehr schüchtern. Das war schon immer so. Ich kann nichts dafür. Alles Neue und Fremde verunsichert mich, deswegen bewege ich mich lieber in gewohnten Kreisen. Je weniger sich verändert, desto leichter fällt es mir. Ich brauche lange, um mit Veränderungen klar zu kommen.

Das bedeutet nicht, dass ich nicht offen wäre für neue Kontakte, Ideen oder Erfahrungen, ganz im Gegenteil. Tief in mir steckt ein Entdecker. Aber alles hat Grenzen! Es fällt mir eben schwer, mich auf Unbekanntes einzulassen. Ich brauche meine Zeit. Mit allem was neu ist muss ich erstmal warm werden. Das sieht anfangs oft wie Ablehnung oder Desinteresse aus. Es ist aber nur Unsicherheit und die natürliche Langsamkeit meines Wesens.

Lass dich nicht davon täuschen, wenn ich scheinbar mit Scheuklappen durchs Leben laufe. Ich sehe deswegen nicht weniger als Du, ganz im Gegenteil, ich sehe viel mehr. In der Wahrnehmung von Details liegt meine Inselbegabung. Die Welt überflutet mich ständig mit Informationen und die gilt es alle zu ordnen. Das braucht Zeit und manchmal wird es auch einfach zu viel. Alles hat Grenzen!

Wenn du mich überrumpelst oder bedrängst, schlage ich augenblicklich in Misstrauen um und wenn ich mich in so einen Anfall erstmal hineingesteigert habe, wird es sehr schwer, mich wieder zu beruhigen. Für Außenstehende ist das oft schwierig nachzuvollziehen. Ich würde es gern ändern, aber ich kann nichts dagegen tun. Selbst meine hohe Intelligenz ist der Fülle des Seins nicht immer gewachsen.

Deswegen möchte ich dich bitten, dich mir langsam und ruhig zu nähern und Geduld mit mir zu haben. Wenn ich erst einmal Vertrauen gefasst und meinen Platz in deinem Leben gefunden habe, dann können wir gute Freunde sein. Und gerade mein etwas anderer Blick auf die Welt kann deinen Horizont erweitern.

Früher war es mit mir noch viel schlimmer. Ich bin mit den Jahren deutlich entspannter geworden und ich verstehe gar nicht, warum so viele Geisteswesen den Umgang mit mir immer noch anstrengend finden. Wenn ich so darüber nachdenke, würde ich Dich sogar gern näher kennenlernen, aber nur an einem Ort, den ich schon kenne, ohne Lärm. Du darfst dir nicht die Haare hochstecken, bitte kein Parfüm auflegen und du musst unbedingt blaue Kleidung tragen. Das verstehst du sicher. Ich bin wirklich schon sehr tolerant, aber alles hat Grenzen.

Fragen ausrechnen

Hallo, ich bin heute zum ersten Mal hier. Das könnte interessant werden. Ich bin Lily, die Neugier. In der Schule des Lebens habe ich noch keinen Abschluss, ich bin erst in der zweiten Klasse, aber ich kann schon die meisten Gerüchte lesen, ein paar Zeilen Tratsch schreiben und im Fragen ausrechnen habe ich eine Eins!

Meine Mama, die Weisheit sagt, wenn ich ausgewachsen bin, nimmt sie mich mit zu den großen Antworten. Da freue ich mich schon drauf. Aber ich finde auch die kleinen Rätsel spannend.

Ist Ihnen mal aufgefallen wie rau die Oberfläche eines glatten Steines ist? Man muss nur nah genug herangehen. Das ist wirklich aufregend. Ich schaue gern ganz genau hin. Manche Leute finden mich deswegen aufdringlich, frech und ungezogen. Sie mögen es nicht, wenn ich in ihren Sockenschubladen nach Geheimnissen wühle und ungefragt Peinlichkeiten ans Licht ziehe. Aber das muss ich doch, wie soll ich sonst lernen was unter den Dingen liegt oder dahinter?

Es gibt Menschen, die glauben, zu viele Fragen zu stellen sei unhöflich. Gut, ich bin nicht immer brav, nur artig sein ist langweilig, aber was oft als unverschämt empfunden wird, das habe ich gar nicht so gemeint. Ich will es nur wirklich wissen. Ehrlich. Einfach so. Ohne Folgen.

Was ist falsch daran, unter einen Rock zu gucken, wenn ich doch wirklich wissen will welche Farbe die Unterhose hat? Oder ob die Schotten unterm Kilt überhaupt eine tragen... Alle wollen das wissen, solche Fragen stellen sich ständig und keiner guckt nach. Das ist bei ganz vielen Sachen so, achten sie mal darauf. Viele Fragen, die sinnvoll wären, werden nicht gestellt, nur aus Höflichkeit. Und dann geht das Raten und Interpretieren los und was am Ende dabei herauskommt hat mit der Wirklichkeit meistens nicht mehr viel zu tun.

Überhaupt mischen fast alle denkenden Wesen denen ich begegne in meine einfachen Fragen, viel zu viel von ihren eigenen Interpretationen hinein. Mein WARUM ist keine versteckte Kritik. Mein WIE beinhaltet keinen Hinweis auf Fehler. Mein WAS ist nicht abwertend gemeint und mein WER keinesfalls diskriminierend. So weit wie die Antwortenfinder denke ich gar nicht. Mein Interesse geht wirklich nur bis zur Frage, mehr nicht. Und der Rest ist dann lauschen und schauen und staunen.

Ja, ich will alles sehen, alles hören, riechen, schmecken, fühlen. Ich will die volle Dröhnung der Existenz, und ich habe es nur deswegen so eilig damit, weil ich trotz meiner Jugend weiß, wie kurz ein Menschenleben ist im Vergleich mit den unerschöpflichen Weiten des Seins.

Da draußen gibt es so viel zu entdecken, hier drinnen übrigens auch.

Alles und Nichts

„Wenn du mal groß bist," das habe ich nie so gesagt. Ich wollte meine kleine Neugier gleich mitnehmen und ihr die großen Welträtsel zeigen. Sie wollte nicht. Lily hat ihren eigenen Kopf und ich bin klug genug, um ihr den freien Willen zu lassen. Die Neugier muss ihren eigenen Weg gehen, dazu ist sie da. Und wer bin ich, dass ich behaupten könnte zu wissen, was richtig und falsch, uninteressant oder wissenswert sei und in welcher Reihenfolge eine Seele es zu erleben habe.

Ich weiß, dass ich nichts weiß und nur ahne, welche unermesslichen Weiten dieses „Nichts" umfasst. Ich bin klug genug, zu schweigen, wenn man mich nach meiner Meinung fragt. Es wäre vermessen, überhaupt eine zu haben, und die Weisheit drängt sich niemals auf.

Manchmal sitze ich an der Rennbahn auf einer Tribüne und sehe der Wahrheit beim Training zu. Ich muss sie nicht verstehen, aber sie hat ihren Platz gefunden und es beruhigt mich, zu sehen, dass sie in Bewegung bleibt, auch wenn sie sich nur im Kreis dreht. Sie kreist gewissermaßen um sich selbst. Ich bewundere auch die Leidenschaft der Abenteuerlust, den engagierten Mut und die bescheidene Unabhängigkeit der Freiheit. Und wenn ich durch den Park gehe, lege ich dem Glauben immer ein paar Münzen in die Mütze. Die Wut bekommt von mir ein Schulterklopfen, wenn ich ihr begegne und mit dem Egoismus trinke ich gerne mal ein Bier. Ja, ich wähle manchmal sogar die Angst.

Wenn ich etwas verstanden habe, dann, dass sie alle ihren Platz haben und ihre Berechtigung, hier zu sein.

Genauso wie ich, nicht mehr und nicht weniger.

WEISHEIT

Käsebrote

Es ist erstaunlich welche Umwege das menschliche Denken manchmal nimmt. Erst wird jahrzehntelang Selbstlosigkeit und Aufopferung gepredigt, bis auch der letzte Depp mitbekommen hat, dass das auf Dauer nicht funktioniert, und dann werden schlaue Bücher gelesen und Kurse besucht, um wieder zu lernen, wie man „gesunden Egoismus" lebt. Dabei war ich in meiner ganzen Existenz noch kein einziges Mal krank. Ich bin eine kerngesunde, völlig natürliche Emotion und jeder der einmal ehrlich in sich hineinfühlt, weiß auch ohne Selbsterkenntnisseminar wie gut sich das anfühlt. Hallo, ich bin's, euer guter, alter Freund Gregor der Egoismus!

Dabei schließen Egoismus und Hilfsbereitschaft sich nicht mal gegenseitig aus – ganz im Gegenteil, nur wer für sich selbst sorgt, kann auch für andere da sein. Wer immer zuerst an die anderen denkt und sich selbst dabei vergisst, wird kein Held, sondern ein Pflegefall.

Ja, ich weiß schon, dass ich anders wirke, vor allem auf den ersten Blick, wenn ich so durch die Tür komme, groß und breitschultrig mit den langen Haaren, den Motorradklamotten und den wilden Tattoos überall. Ich will ja auch gesehen werden und meine Harley hat einen echt coolen Sound. In vielen Situationen ist es enorm hilfreich, dass sich vor mir ganz natürlich eine Gasse bildet und ich mich nicht erst mühsam durch die Menge schieben muss, wie ein schmächtiger Nerd. Manchmal brauche ich meine Ellenbogen und mein gefährliches Aussehen löst viele Probleme schon bevor sie entstehen, aber irgendwie hat mein guter Ruf darunter gelitten.

Ich verstehe gar nicht warum. Hinter der groben Fassade bin ich ein richtig netter Kerl. Ich sorge dafür, dass es dir gut geht und unterstütze dich bei dem was dafür nötig ist, auch wenn deine Mitmenschen das nicht immer verstehen.

Dabei sind das alles Urbedürfnisse aus der Steinzeit, die Jahrtausende lang das Überleben sicherten und nur, weil sie sich heute etwas anders darstellen als zu Zeiten von Fell und Keule, werden sie jetzt verachtet oder belächelt.

Ich lache dich nicht aus. Ich verstehe dich und ich weiß was du für dein Wohlbefinden brauchst. Ich gehe stundenlang mit dir shoppen und helfe dir anschließend die ganzen Tüten nach Hause zu tragen, mit diesem archaischen Siegesgefühl, reiche Beute gemacht zu haben und ein guter Sammler zu sein.

Wenn deine Schwiegermutter zum dritten Mal am Tag anruft, gehe ich für dich ran und erkläre freundlich und überzeugend, dass du leider gerade keine Zeit zum Telefonieren hast, auch wenn du seit drei Stunden mit deiner besten Freundin nichts Anderes tust. Die wenigsten modernen Menschen begreifen, dass es sich bei gekonntem Abwimmeln um dasselbe diplomatische Geschick handelt, mit dem es in früheren Zeiten galt, das lästige Lausen eines ranghöheren Rudelmitglieds zu umgehen, ohne dessen Unmut auf sich zu ziehen und damit die eigene, schwer erarbeitete Position in der Herde zu gefährden.

Mit Engelsgeduld unterstütze ich dich dabei, den neuesten, technischen Schnickschnack auf deinem PC oder der Spielekonsole zu installieren, auch wenn die anderen das für verschwendete Lebenszeit halten und dich ausgerechnet in diesem Moment alle lächerlichen drei Stunden daran erinnern, dass der Müll noch immer im Flur steht oder die Besteckschublade in der Küche schon seit vier Tagen klemmt. Ich weiß wieviel Spaß du damit haben wirst, wenn wir den Kram erstmal zum Laufen gebracht haben. Videogames bieten hervorragende Möglichkeiten, um spielerisch deine Jagd- und Kampffähigkeiten zu schulen und so, zumindest theoretisch, für den hoffentlich niemals eintretenden Ernstfall vorbereitet zu sein.

Ich finde es übrigens auch völlig in Ordnung wenn du auf der Geburtstagsparty das letzte Stück von dem super leckeren Schoko-Kirsch-Kuchen vertilgst, ohne vorher alle Anwesenden zu fragen, ob noch jemand was abhaben will.

Den Ursprung davon muss ich wohl nicht erklären. Man weiß nie wie lang und kalt der nächste Winter wird. Es gibt Dinge, die nicht jeder Mitmensch versteht und die du trotzdem brauchst. Das ist ein ganz natürlicher Zustand.

Ich bediene Urinstinkte, die einst überlebenswichtige Qualitäten waren und heute nur deswegen missverstanden werden, weil sie so gut darin sind, sich zu tarnen. Aber deine steinzeitliche DNA erinnert sich daran, deswegen fühlst du dich so gut dabei. Was 100.000 Jahre lang funktioniert hat, lässt sich nicht in ein paar Generationen ausrotten. Wer weiß wann wir es wieder brauchen?

Schrägerweise regen sich meistens genau die Menschen am meisten über mich auf, die ihren eigenen Gregor bei Wasser und Brot im Keller eingesperrt haben, was meiner Meinung nach gegen die EU Menschenrechtskonventionen verstößt, und sich jetzt wundern, warum sie frieren und ihnen ständig der Magen knurrt, sowas macht auch aggressiv.

Meine große Schwester, die Wut, würde jedenfalls ziemlich sauer werden, wenn du das mit mir machen würdest, und autoaggressives Verhalten ist eine ernstzunehmende Störung die mühsam therapiert werden muss. Lass uns lieber gleich Freunde bleiben.

In manchen, außerordentlich wichtigen Fällen, haue ich auch mal mit der Faust auf den Tisch und sorge dafür, dass du zu deinem Recht kommst. Das ist Notwehr und kommt wirklich selten vor.

Bei dem ganzen Thema wird gern vergessen, in welchem Umfang ich auch Deiner Umwelt zu Gute komme. Ich bin es nämlich auch, der letztendlich die Schwiegermutter anruft, den Müll rausbringt und die Küchenschublade repariert. Ich bin es, der deiner Oma die Wasserkisten in den Keller schleppt und die monströse Lieblingszimmerpflanze im Frühling auf den Balkon umzieht, nur um sie im Herbst wieder in die gute Stube zu tragen.

Für deinen Nachbarn füttere ich die Katze und leere den Briefkasten, wenn er im Urlaub ist, deinem Chef zuliebe mache ich doch noch zwei Überstunden, obwohl du eigentlich früh ins Wochenende starten wolltest. Und rate mal wer beim Ausflug mit der Clique oder beim Fußballtraining der Kinder immer noch ein paar extra Käsebrote dabei hat, weil garantiert wieder irgendjemand vergessen hat, sich etwas Essbares einzupacken. Ja, genau, das bin ich. Und warum tue ich das alles? Weil es sich gut anfühlt. Weil Menschen trotzt aller Unkenrufe und übler Nachrede soziale Wesen sind, die es genießen, hilfreich zu sein, gebraucht und für ihren Einsatz gelobt zu werden.

Das ganze Missverständnis ich sei etwas Negatives ist so wie so nur aus einer dummen Verwechslung entstanden. Nur weil es diesen Typen gibt, Egon Zentrik, der mir unerklärlicherweise ähnlichsieht. Wobei ich zugeben muss, dass Egon im Gegensatz zu mir ein austrainiertes Sixpack hat, das muss der Neid ihm lassen, aber der arme Kerl ist ja selbst so eine missverstandene Persönlichkeit.

Jedenfalls sind Egon Zentrik und ich nicht miteinander verwandt, die Ähnlichkeit ist reiner Zufall. Das wäre nicht weiter schlimm, wenn Egon nicht so ein arroganter, selbstsüchtiger Kotzbrocken wäre, der meint er sei der Mittelpunkt des Universums und alles würde sich nur um ihn drehen. Und das ist genau die negative Einstellung, die mir laufend unterstellt wird. Ich habe keine Ahnung warum er so geworden ist. Vielleicht hatte er eine schwere Kindheit, oder er ist aus einem der weggesperrten Gregors entstanden, der keine große Schwester hatte, um ihn raus zu hauen. Jedenfalls bin ich das nicht.

Also, Leute, tut mir den Gefallen und guckt ab heute genauer hin, bevor ihr mit der Kritikkeule ausholt. Egon, das ist der mit dem goldfarbenen Sportwagen, den hippen Designerklamotten und den stylisch ausrasierten Muster in der ultrakurzen „Ich-bin-der-Gewinner" Frisur. Ich bin der gemütliche Typ mit dem Schmetterlings Tattoo über der linken Augenbraue und dem Nietenarmband, dass mir meine Schwester zu Weihnachten geschenkt hat. Mit mir kann man über alles reden, bei einer Tasse Tee oder einem kalten Bier. Ich bin da ganz entspannt.

Apropos „entspannt": Du da, du siehst echt verkrampft aus. Ich komm gleich mal rüber zu dir, dann kriegst du eine schöne Nackenmassage.

Klara Linie

So, jetzt sind wir dran. Es wird höchste Zeit, dass wir uns vorstellen, bei all dem Chaos hier. Der Ablauf müsste dringend durchstrukturiert werden. Ich bin Klarissa Ordnung, von Freunden liebevoll „Klara Linie" genannt. Meine Lebensgefährtin Quentina Vernunft und ich haben vor einigen Jahren „O.Ver.Design" gegründet und verzeichnen grandiose Erfolge. Einer unserer erfolgreichsten Slogans lautet „Jeder braucht eine Klara Linie und ein Quäntchen Vernunft."

Wir sind zwei emanzipierte Frauen und leben in einer modernen Partnerschaft. Zum Glück sind die Zeiten einschlägiger Diskriminierung, nun ja, vielleicht noch nicht völlig vorbei, aber doch zumindest im Schwinden begriffen. Heute stört sich jedenfalls keiner daran, wenn Vernunft und Ordnung Hand in Hand durch Leben gehen. Tatsächlich genießen wir sowohl privat als auch im beruflichen Leben hohes Ansehen. Das war nicht immer so.

Meine Eltern Anstand und Tradition hatten sehr strenge Erziehungsrichtlinien, lange Zeit, durfte ich mich ohne meine ältere Schwester, die Zucht, nicht auf die Straße trauen. Und Quentina war viele Jahre lang sehr unglücklich mit dem Beweis verheiratet. Aber wir haben uns aus den alten Mustern befreit und etwas Eigenes aufgebaut.

Unsere Firma O.Ver.Design verzeichnet in jedem Quartal steigende Umsätze. Das kommt nicht von ungefähr. Unser Konzept ist einleuchtend und in jeder Lebenssituation umsetzbar. Buchen Sie uns und überlassen Sie nichts mehr so windigen Zeitgenossen wie Glück oder Zufall. Unser Aktionsplan bringt jeden auf Erfolgskurs. Ab sofort werden Sie nur noch die richtigen Entscheidungen treffen. Schluss mit Unklarheit, unbedeutenden Gelüsten und wankelmütigen Launen, wir bringen Sie auf dem sichersten Weg ans Ziel und gewährleisten gleichzeitig ein dem stetigen, gesellschaftlichen Aufstieg angepasstes Äußeres.

Vom Haarschnitt, der Garderobe und dem Firmenwagen, über die Büroeinrichtung und Gestaltung ihres Wohnumfeldes bis hin zu der für Sie förderlichsten Bettlektüre und dem idealen Freundeskreis, wählen wir für Sie die beste Variante aus. Wir unterstützen Sie dabei, sich und ihr Lebensziel im gesellschaftlichen Lebensmarketing optimal zu positionieren. Fehlerhafte Einstellungen oder hinderliche Personen werden zuverlässig aus Ihrem Umfeld entfernt, so dass Sie keine Ihrer wertvollen Kräfte blockieren und Sie endlich ihr volles Potential entfalten können. Wir bringen Sie, auf Spur und schützen gleichzeitig Ihre Interessen.

So garantieren wir z.B. auch, dass Sie nicht mehr auffallen, weder negativ noch durch besondere Kreativität. Diese strategische Unsichtbarkeit minimiert das Risiko, vorzeitig von Missgunst oder Konkurrenz erkannt und ausgebremst zu werden. Wir lassen Sie gekonnt in der Masse der zurzeit anerkannten Norm verschwinden. Schwimmen Sie mit dem Strom, das spart Energie für den Sprung auf die nächste Stufe der Karriereleiter.

Unsere Konkurrenz im Event- und Abenteuermarketing wirft uns zwar vor, dass wir zu eng mit der Langeweile zusammenarbeiten und dadurch an Dynamik verlieren, aber schon der Volksmund sagt: "Was lange währt, wird endlich gut." Außerdem holen wir mit unseren perfekt ausgearbeiteten Bauanträgen beim Zweifel wieder auf.

Vor allem in schwierigen Lebensphasen tun Sie gut daran, sich an uns zu wenden. Ein Verlust lässt sich am besten durch feste Rituale überwinden und es gibt nichts Gesünderes als einen klaren, vernünftigen Schlussstrich unter einer veralteten, emotionalen Verwicklung.

Beginnen Sie mit uns neu. Befreien Sie sich von Altlasten und unnötigem Wunschdenken-Ballast und dann bleiben Sie am Ball bis Sie der eingeschlagene Weg zum Erfolg geführt hat. Mit unserem vielfach erprobten Strukturplan, übersichtlichen Tabellen und leicht umsetzbaren Listen, erhalten Sie den Überblick und die Kontrolle über Ihr Leben. Wir machen keine halben Sachen.

Wir gestalten Ihr Denken und Fühlen zu einem Gesamtkunstwerk der Sinnhaftigkeit und Effizienz. Die Sympathie und Anerkennung aller normal denkender Menschen werden Ihnen sicher sein.

Und das ist nicht zu verachten, denn wer ist schon völlig frei von dem Wunsch, anderen zu gefallen?

Da nicht jeder Geist die Bereitschaft mitbringt, sich völlig von uns formen zu lassen, bieten wir auch Teilpakete an, für die wir dann allerdings keine Erfolgsgarantie übernehmen. Selbst die Abenteurer und Kreativen, die nur selten in allen Punkten mit uns übereinstimmen, müssen zugeben, dass ein wenig Vernunft und Ordnung auch in ihrem Leben nicht schaden kann.

VERNUNFT / ORDNUNG

Die dunkle Königin

Ich bin die Liebe, und ich habe viele Namen. Nennt mich Victoria, Glorie, Aurum, nennt mich wie ihr wollt. Mir ist alles recht und ihr liegt alle falsch, denn ich bin anders als ihr glaubt. Seht, ich bin eine Einzelgängerin. Das mag erstaunen, weil man mir nachsagt, ich würde die Herzen zueinander führen. Oh ja, ich binde die Seelen in ihrem innersten Kern, aber ich trenne sie auch.

Ich bin das mächtigste aller Gefühle, aber nicht, weil ich am stärksten bin, oh nein. Die Angst ist viel stärker als ich, Zorn und Zweifel überwinden mich mit Leichtigkeit, selbst Scham kann mich aus dem Ring drängen, und bei starken Geistern erliege ich sogar primitiver Disziplin. Und doch beherrsche ich sie alle. Weil der Mensch mich will und nicht imstande ist, meine zwei Gesichter, gleichzeitig zu sehen.

Dabei bin ich vollkommen aufrichtig. Vom ersten Augenblick an fordere ich alles und gebe nichts und in allen Formen meiner Existenz verursache ich Leid und Schmerz. Nein, bitte, verwechselt mich nicht mit zuckersüßer Verliebtheit, dieses Kribbeln im Bauch, das sind nur die seltsamen Nebenwirkungen des Parfüms, das die kleine Hoffnung so gern trägt. Das bin nicht ich. Ich bin viel größer.

Im innersten Anbeginn fahre ich wie ein Blitz in die Glieder, bin ein Stich mitten ins Herz, dann ein fast unerträgliches Brennen. Ich verursache alle Zeichen höchster Gefahr, denn ich bin gefährlich. Wenn der Schweiß aus allen Poren tritt, der Puls rast, der Atem schneller geht und der Blick sich vernebelt... Das ist Angst, eure treue Freundin, die euch zu warnen versucht, aber ihr hört nicht auf sie. Ihr nennt den Schmerz süß, das Brennen Leidenschaft und gebt der Trübung eurer Sinne eine rosa Farbe. Und das alles nur, weil ihr der Wahrheit nicht ins Gesicht sehen wollt, obwohl sie meine Schwester ist und auch nicht grausamer als ich.

Die Menschen sehnen sich nach mir, die dummen Kinder, weil sie an Verbundenheit glauben und nicht wahrhaben wollen, dass die Trennung bereits in ihr schläft.

Ich bin der Funke, der das Strohfeuer entfacht, die Aktivierungs-
energie eurer Seele, aber wenn ihr euch länger daran wärmen wollt,
dann müsst ihr es schon nach Hause tragen und im Ofen hüten und
versorgen, damit es dauerhaft brennt. Das hat mit mir dann nichts
mehr zu tun, auch wenn viele von euch das glauben.

Weise Gemüter sorgen rechtzeitig vor und schaffen ein solides
Fundament aus Achtsamkeit und Treue, Ehrlichkeit, Tapferkeit und
Mut, das sind die Kettenglieder aus denen sich echte Bündnisse
schmieden lassen! Und wenn ein solches Bündnis dann ein Leben
lang hält, dann schreiben sie es mir zu... MIR, ausgerechnet! Ha!
Liebe allein, ist NIE genug.

Liebe ohne Konsequenz ist verantwortungslos.

Liebe ohne Achtsamkeit, verletzend.

Liebe ohne Treue ist respektlos.

Liebe ohne Mut ist lächerlich.

Liebe ohne Vertrauen ist hohl und leer.

Liebe ohne Fürsorge, herzlos.

Liebe ohne Ehrlichkeit ist ein leerer Spiegel

und Liebe ohne Nähe, die pure Qual.

Liebe allein ist gar nichts, ihr Narren!

Ich bin flüchtig, vielgestaltig und wandelbar wie ein Irrlicht, ebenso
schwer zu fassen und genauso unzuverlässig. Die Menschen verachten den Egoismus, obwohl er für sie sorgt, die Wut, obwohl sie ihnen
Kraft gibt, den Neid, obwohl er sie anspornt, Größeres zu leisten und
die Angst, obwohl sie hingebungsvoll beschützt. Aber sie ersehnen
und verehren und preisen mich, die Machtbesessene, die Fluchbrin-
gerin, die finstere Hexe der Endlichkeit.

Und sooft ich ihnen mein zweites Gesicht auch zeige, sie sehen es nicht, wollen es nicht sehen. Ohne die Veredelung durch andere Tugenden, verwandele ich mich unaufhaltsam in Hass, jedes Mal, denn ich bin beides. Aber die Menschen beten mich an wie eine Göttin, mich, ihre dunkle Königin, Fürstin der Hölle. Das allein macht mich so mächtig und euch alle zu meinen Sklaven.

Da regt sich jetzt Widerspruch in euch, nicht wahr? Das hört ihr nicht gern. Ihr müsst mir nicht glauben. Bleibt dumm und blind, mir ist es recht. Der Vertrag liegt bereit, ihr unterschreibt ihn mit Blut und verkauft mir eure Seele für nochmal tausend Jahre.

Niemand ist völlig frei von dem Wunsch nach mir und niemand vollständig taub für den lockenden Sirenengesang meiner Täuschungen. Jeder Mensch verzehrt sich nach dem Augenblick in dem er sich unsterblich wähnt, den er anflehen kann:

„Verweile doch, du bist so schön!"

Doch eure Flügel sind aus Wachs gebaut und die Seligkeit, die ihr anstrebt ist heißer als die Sonne. Und wenn ihr fallt, unrettbar tief in die Abgründe eurer selbst erschaffenen Träume, geblendet von dem Licht in das ihr starren müsst wie ein verirrtes Reh in die Scheinwerfer des heranrasenden Autos, dann warte ich schon auf euch, dort unten, um den glühenden Speer der Rache in euer Herz zu stoßen.

Der Tagedieb

Ach Kinderchen, ist das schön, euch zu sehen. Und was seid ihr doch für Glückspilze. Ja, ich weiß schon, ihr seid noch ganz geblendet von meinem plötzlichen Erscheinen. Die meisten von euch erkennen mich ja nur an meinem bezaubernden Rücken, wenn ich gerade mal wieder gehe. Jetzt ist der Groschen gefallen, nicht wahr? Ich bin's, Felix, das vermutlich gesegnetste Wesen des Universums, weil ich das Glück habe, das Glück zu sein.

Ich bin das Gottesgeschenk an die Menschen, ein Wunder für jeden, der mir begegnet. Es ist eine Auszeichnung, wenn ich eure Nähe suche, immerhin habe ich das nicht nötig und ihr müsst schon ein Händchen für das Schicksal haben, oder vor mir wegrennen, das weckt meinen Jagdinstinkt, manchmal.

Die ganze Welt steht mir offen. Es ist ein besonderes Gefühl, überall willkommen zu sein. An wessen Tür ich klopfe, der tut gut daran, mich davor nicht warten zu lassen, denn ich bin ungeduldig und schnell abgelenkt. Manch einer schimpft mich deswegen grausam, unzuverlässig, einen Tagedieb. So ein Unsinn, ich stehle gar nichts, schon gar nicht eure Zeit. Wenn überhaupt, dann stehlt ihr mir die meine, aber zum Glück sehe ich das nicht so eng.

Ich habe es einfach nicht nötig, auf irgendjemanden zu warten, immerhin bin ich grenzenlos und unsterblich. Ich lasse mich aber gern erobern und ich bin nicht wählerisch, jedenfalls nicht im üblichen Sinne. Ob jung oder alt, schön oder hässlich, ein Genie oder strohdumm, ich liebe euch alle, genau so wie ihr seid. Ihr müsst euch für mich nicht verändern oder verbiegen, das tue ich für euch schließlich auch nicht.

Ja, ich kenne das Sprichwort jeder sei seines eigenen Glückes Schmied, aber der Vergleich hinkt auf beiden Beinen. Ich lasse mich nicht nach euren Wünschen formen und an die Kette legen schon gar nicht. Wer versucht von meinen Trauben zu ernten, der steht vor leeren Scheunen.

Ich bin ein Lebenskünstler und stets auf der Suche nach meiner neuen Muse. Eine allein ist mir niemals genug. An meiner Seite gehen Lust und Freude, eine in jedem Arm, warum sollte ich mich beschränken. Man sagt mir sogar nach, ich würde mehr, wenn man mich teilt... Also lasst uns feiern und Spaß haben und vergrault mich nicht mit so sinnlosen Kleinigkeiten wie Beständigkeit oder Treue.

Es geht nicht um euch und eure banalen Bedürfnisse, kapiert das endlich. Ich bin nicht euer Diener und ich muss euch nicht gefallen. Umgekehrt wird ein Schuh draus, ihr seid für mich da. Ihr seid das applaudierende Volk und eure Bestimmung ist es, meine Großartigkeit zu bejubeln und meine göttliche Herkunft zu bestätigen.

Ihr solltet dankbar sein, dass ich eine so junge Gottheit bin, dadurch bin ich noch so nah bei euch. Seit etwas mehr als 3000 Jahren kennt ihr meinen Namen, davor habt ihr andere Tugenden erfleht. Mut, Tapferkeit und Stärke standen mal ganz hoch im Kurs, aber dafür muss Mensch auch mehr tun. Ich bin leicht zu haben. Ein gutes Essen, ein warmes Bett, ein kitschiger Sonnenuntergang oder das flüchtige Lächeln des richtigen Menschen, es ist so einfach.

Wenn ihr nur endlich aufhören würdet, euch an meinen Hals zu werfen wie ängstliche Kinder. Ich bin ein filigranes Wesen, und ich kann es nicht ausstehen, wenn man sich an mich klammert, außerdem bringt das meine Frisur durcheinander. Jede Art von Enge oder Begrenztheit ist mir zuwider. Ich bin überall zu Hause wo ich meinen Mantel niederlege, tauche unverhofft auf und genauso schnell bin ich auch wieder verschwunden.

Meine ärgste Feindin ist die Langeweile, Routinen sind mir ein Gräuel. Und wer mich regelmäßig zu Gast haben will, der tut gut daran, sich oft zu verändern, damit er für mich spannend bleibt. Ein Mensch allein ist mir so wie so nie genug, nur ein Herz, ein Geist, das kann mich nicht erfüllen. Jeder Ort verliert an Farbe und Glanz mit der Zeit. Ist es meine Schuld, dass die Welt so groß ist und so voller Verlockungen? Warum sollte ich euch etwas vorgaukeln, das ich nicht fühle? Was nützt es, eine welke Rose zu besingen, wenn gleich nebenan ein ganzes Feld von Sonnenblumen in voller Blüte steht?

Oh, bitte, ihr dürft mich malen, von allen Seiten fotografieren, Gedichte über mich schreiben und mir Geschenke machen so viel ihr wollt. Wenn mir eure Gaben gefallen und ihr es genießt, den Augenblick mit mir zu feiern, dann haben wir eine schöne Zeit. Im Übrigen sehe ich es gern und mit Wohlwollen wie eifrig ihr mir huldigt. Meine Berühmtheit wächst mit jedem Tag. Ihr baut mir immer neue Altäre und gebt Unsummen aus, um die Kunst zu erlernen, wie man mich lockt. Unter uns, das Meiste davon ist nutzlos. Ich mache so wie so was ich will und wenn ich mich an einer Weggabelung einmal nicht entscheiden kann, werfe ich eine Münze.

Mein Weg ist viel stärker vom Zufall bestimmt als ihr glauben wollt. Aber es ist niedlich, wie ihr euch abrackert. Ich sehe euch gern dabei zu.

Und dann schlendere ich unbemerkt vorbei, wenn ihr gerade nicht hinseht. Wenn ich euch nah bin, reise ich fast immer inkognito. Am auffälligsten bin ich so wie so, wenn ihr mich mit Abstand betrachtet, wenn ich meine Augen dunkel schminke, meinen Mund satt rot anmale und mich in leuchtende Farben kleide. Niemand kann mir nachsagen, dass ich mit meinen Reizen geize. Ich bin das Gras am anderen Ufer, je unerreichbarer ich scheine, umso schöner wirke ich. Und ich bin wunderschön, vor allem aus der Ferne und wenn ihr mich bei anderen seht. Verblüffend wie oft ich mit Neid verwechselt werde, dabei ist er das Gegenteil von mir - uralt, schrecklich beständig und voll von langweiliger Treue.

Doch versucht nach mir zu greifen, mich zu halten und ich löse mich auf wie eine Fata Morgana, zerrinne zwischen euren Fingern wie Sand. Deswegen kann man mich mit dem Verstand auch nicht erfassen, der konzentriert sich auf die Wirklichkeit und realistisch bin ich nicht. Ich bin phantastisch. All diese Eigenschaften teile ich mit der Liebe. Wir schätzen einander und ich bin das einzige Gefühl, dass sie neben sich duldet. Sie weiß, dass ich nichts fordere. Ich stehle ihr nie die Schau, sondern lasse sie nur noch besser aussehen und wenn ich mich abwende kann sie umso wirkungsvoller ihre andere Seite zeigen.

Ich mag die Liebe. Wir teilen viele Prinzipien und wissen wann es Zeit ist zu gehen, nämlich immer dann, wenn es am Schönsten ist.

Jetzt zieht doch nicht so ein krauses Mündchen, ich komme ja wieder! Zu denen, die ich liebe kehre ich immer zurück und ich liebe euch alle. Also behaltet mich in guter Erinnerung und feiert noch ein bisschen.

Lebt wohl, bis zum nächsten Mal!

Unter Freunden

Ich bin Brunhilde. Was gibt's da zu lachen? Ruhe! Wer mich nicht kennt, der lacht nicht in meiner Gegenwart, jedenfalls nicht lange. Nein, ich bin keine Schönheit, ich lasse auch niemanden gut ausse-hen, schon klar, muss ich auch nicht. Mich muss niemand leiden mö-gen, ich habe andere Qualitäten und es reicht vollkommen, wenn man mich fürchtet. Wer mich nicht fürchtet erlebt den Moment nicht lange genug, um seinen Fehler zu bereuen. Ich bin die Wut.

Ich habe jede Berechtigung und guten Grund, hier zu sein. Ganz egal wieviel Altäre ihr errichtet um eure hochgeschätzte Selbstbeherr-schung anzubeten, ihr kommt nicht aus ohne mich, keiner von euch. Gerade jene, die mich nach Außen am wenigsten zeigen, brauchen mich oft am meisten und mich stur zu unterdrücken macht krank. Ja, wenn es euch gut geht, dann habt ihr mich nicht nötig, dann vermisst ihr mich auch nicht, aber wahre Freunde erkennt man nicht an Son-nentagen.

Wer zieht den Karren des Lebens aus dem Morast der Resigna-tion, wenn es wochenlang nur Kritik hagelt und Anklagen und Gejam-mer? Die tänzelnde Freude? Nein, das bin ich und das tue ich öfter als ihr denkt. Ohne meinen Zorn habt ihr gar nicht genug Kraft dafür. Und wenn die Mitmenschen euch mal wieder ungefragt mit Rat schla-gen, beschützt euch dann die Liebe? Natürlich nicht, ich bin es, die ihren Schild über euch hält.

Verletzung beginnt nicht mit der Ohrfeige, sondern schon mit dem Wort was sie provoziert. Und ich spüre diese körperlosen Schläge ins Gesicht, die artikulierten Tritte unter die Gürtellinie. Ich nehme sie wahr und ich reagiere darauf, schnell und präzise. Ja, ihr Witzbolde, das kann wehtun! Der blöde Spruch vorher hat auch wehgetan und es spielt keine Rolle wie der gemeint war.

Wenn ich dir ein Brett vors Gesicht schlage, dann hast du hinterher eine fette Schramme auf der Stirn, ganz egal ob ich dich treffen wollte, oder beim Umdrehen nur nicht geguckt habe, ob jemand hinter mir steht.

Mit Worten ist das nicht anders. Es gab Zeiten, da hat ein falsches Wort Anlass gegeben zu einem Duell auf Leben und Tod. Ich trauere diesen Zeiten nicht nach, aber der Achtsamkeit im Umgang mit Sprache.

Wer meinem Menschen wehtut, der kriegt die Keule, so einfach ist das. Einfach, mein Freund in der letzten Reihe, nicht primitiv! Ich bin kein besoffener Kneipenschläger, der wahllos um sich haut, ich bin eine ausgebildete Kriegerin und ich weiß was ich tue. Meine Verteidigung ist wohl dosiert, mein Angriff überlegt. Ich kann mit meiner Axt Schädel spalten oder nur Holz hacken für den Kamin, du entscheidest.

Und ich lasse mich gern beraten, nur nicht von jedem. Weisheit und Intuition höre ich aufmerksam zu und ich vertraue auf das Urteil von meinen alten Kampfgefährten Mut und Tapferkeit. Angst, Scham und Schmerz wecken eher meinen Beschützerinstinkt. Und komm mir bloß nicht mit Idealen oder Prinzipien, die nützen gar nichts wenn ich im Kampfgetümmel auf dem Schlachtfeld stehe, die sind immer nur im Weg. In einem fairen Zweikampf, ja, da kann ich ehrenhaft und sportlich sein und du wirst niemals erleben, dass ich einem gerechten Gegner in den Rücken falle. Das wird mir nachgesagt, aber das tue ich nicht. Verwechselt mich nicht mit Rachsucht oder Hass.

Ich bin da, wenn mein Mensch mich braucht. Ich stehe an seiner Seite und kämpfe bis zum letzten Blutstropfen und es ist mir völlig egal was die Leute über mich denken oder ob irgendjemand mein Eingreifen für gerechtfertigt oder angemessen hält. Wo immer ein Schmerz ist, da ist mein Schutz angemessen. Wo immer eine Wunde geschlagen oder eine Grenze überschritten wurde, da bin ich zur Stelle.

Ich springe in die Bresche und halte den Ansturm auf, bis der Ge-
fallene sich zu neuer Stärke gerüstet oder in Sicherheit gebracht hat.

Ich bin vielleicht nicht der beste Berater des Menschen, meine dip-
lomatischen Fähigkeiten sind begrenzt. Aber ich bin des Menschen
bester Freund, bedingungslos, jederzeit und egal wie oft sie mich ver-
leugnen oder verdammen. Siehst du, jetzt lachst du nicht mehr.

Kannst du aber ruhig. Jetzt kennen wir uns ja, jetzt sind wir unter
Freunden.

WUT / ZORN

Die Bienenkönigin

Ich weiß, dass mich viele für eine alte Jungfer halten. Ich bin aus der Mode gekommen, zumindest im Gespräch. Im stillen Kämmerlein hinter den großen Bühnen der Welt, im Hinterzimmer der Erfolgreichen und Mächtigen, sitze ich nach wie vor und arbeite. Ich bin Irmgard Fleiß. Ich flechte und spinne, stricke, knüpfe und webe an den Schicksalswegen der Menschen, denn ohne mich kommt niemand weit.

Vielleicht komme ich auch deswegen etwas altbacken daher, weil ich bei meinen Großeltern aufgewachsen bin, aber ich habe von der Reife und Lebenserfahrung meiner Zieheltern profitiert. Nie werde ich den Wortwechsel vergessen, der sich allabendlich wiederholte, wenn Großmutter Ida, die Ausdauer, zu mir sagte: „Wer nur lange genug durchhält, der kommt ans Ziel, mein Kind." Und Großvater Hans, der erste Schritt, warf jedes Mal ein: „Aber losgehen muss man!", worauf seine Frau liebevoll erwiderte: „Ja, das natürlich auch." Sie sind beide sehr alt geworden.

Geprägt hat mich außerdem, dass ich schon stricken, häkeln und weben konnte bevor ich in die Schule kam und deswegen im Handarbeitsunterricht einen Vorsprung hatte. Schnell wurde mir klar, dass sich der gleiche Vorteil mit denselben Methoden auch in allen anderen Fächern herstellen ließ. Ich war nie besonders klug und auch meine Kreativität hält sich in Grenzen, aber als die ersten, großen Geister von mir abzuschreiben begannen, wurde mir klar, worin meine besondere Stärke liegt und wieviel ich damit erreichen kann.

Inzwischen weiß ich, es geht nichts ohne mich. Wie groß die Gabe auch sein mag, mit der du geboren wurdest, wie einzigartig dein Talent auch ist oder wie herausragend und zukunftsweisend deine Idee, du wirst nie auch nur einen einzigen Menschen überzeugen, wenn du mich nicht in dein Leben lässt und zwar täglich, immer wieder, bis ans Ziel.

Meine Arbeit endet nie, sie ist wie das emsige Klappern der Strick-nadeln, nicht laut, nicht aufregend, aber notwendig, um voranzukom-men. Von mir lernen die, welche es weit bringen werden. Was du mit-bringst, darauf habe ich keinen Einfluss und daran kann ich auch nichts ändern. Wenn du mir nur rote Wolle bringst, kann auch ich kei-nen grünen Schal daraus stricken.

Du tust also gut daran, dir über die Farbe deiner Ziele klar zu wer-den und sie mit deinen angeborenen Möglichkeiten zu vergleichen. Aber selbst wenn nur ein winziges Knäuel von der ersehnten Farbe in deinem Handarbeitskorb der Gene liegt, dann her damit! Wir stri-cken dir damit ein hinreißendes Muster in deine angeborenen Grund-farben und ich garantiere dir, es wird auffallen.

Manchmal ist es gerade der Kontrast der den Unterschied macht, das was anders und neu erscheint und ins Auge fällt.

Wenn du wenig Talent mitbringst, muss die Technik umso besser sein, aber du wärst nicht der Erste, der beim Spinnen seines Schick-salsfadens plötzlich feststellt, dass ein Nähkästchen mehrere Fächer hat und ganz unten manchmal die schönsten Borten liegen, oft seit Gegenrationen unentdeckt vererbt, weitergereicht unter einem gan-zen Berg von bunten Knöpfen.

Und vielleicht bist gerade du es, der sie hervorholt, erarbeitet und voller Stolz trägt. Denn genau dafür sind sie da, unsere geistigen Rohstoffe und vergrabenen Ideenschätze. Sie sollen nicht versteckt und gehortet werden, sondern dich zum Leuchten bringen, damit du sichtbar wirst in deiner Einzigartigkeit und die Menschen, die deine Farben suchen, dich finden können auf dieser bunten, tanzenden Welt.

Wann du beginnst oder wie viele Fehlschläge du schon erlebt hast, spielt keine Rolle. Auch ein missglückter Pullover lässt sich wieder aufribbeln und aus einem scheinbar wertlosen Haufen alter Lumpen-fetzen, erschaffst du mit Ausdauer und Fleiß ein atemberaubendes Patchwork Kunstwerk, du musst dich nur dafür entscheiden.

In den Mantel der Bescheidenheit kannst du dich immer noch hüllen, wenn es dir zu bunt wird, dazu ist genug Zeit. Zuerst einmal müssen wir herausholen was in dir steckt. Wir haben eine Menge Arbeit vor uns, also lass uns keine Zeit verlieren. Den ersten Schritt tun wir am besten sofort. Los, zeig mal her was du mitgebracht hast.

FLEISS

Folge mir.

Du kannst mich anziehen wie einen langen Mantel aus grauem Loden. Ich schütze dich vor beißender Gefühlskälte und schneidendem Gegenwind.

Du kannst mich aufsetzten wie einen breitkrempigen Hut aus gefilzter Wolle. Ich behüte dich vor den Niederschlägen des Lebens, vor Schlagschatten und Blendungen.

Du kannst mich ins Gesicht ziehen wie eine weite, dunkle Kapuze. Und ich verberge dich vor finsteren Blicken, Spott und zu harscher Kritik.

In meinem Schatten wirst du unsichtbar und du bist sicher, aber du siehst auch weniger von der Welt und den anderen Menschen. Das Leben hat dich gelehrt, dich in den Schatten zu ducken, um den Schicksalsschlägen auszuweichen, um dich zu sammeln und zur Ruhe zu kommen und ich helfe dir dabei. Aber es war immer nur für den Moment gedacht, nicht als Dauerzustand.

Jetzt wird es Zeit, wieder ins Licht zu treten, den Hut zu lüften und der Welt dein wahres Gesicht zu zeigen. Es ist Zeit, den Mantel der Verschwiegenheit abzulegen, die Schultern zu strecken, den Rücken aufzurichten und mit kühnen, weit ausgreifenden Schritten, dem Weg deines Herzens zu folgen, in dem Vertrauen, dass Meere sich teilen und Berge sich öffnen werden, um dich passieren zu lassen. Denn genau so wird es sich anfühlen, wenn du mir vertrauensvoll folgst, auch wenn du in Wirklichkeit über den Passweg geklettert und durch die Furt gewatet bist.

Ich nehme dir nicht die Arbeit ab. Ich gehe keine Schritte für dich. Ich zeige dir nur die Richtung. Und glaube mir, meine Wegweiser sind nicht aus einem vagen Gefühl geboren, sondern aus den haarfeinen Fäden unzähliger gelebter Erfahrungen zu einem mächtigen Tau des Wissens zusammengedreht, an dem du selbst ein tonnenschweres Herz sicher aus den Tiefen der Zweifel heben kannst.

Ich bin das Stahlseil an dem deine Fähre auch im dichtesten Nebel sicher ans andere Ufer findet. Ich bin der Kompass, der selbst in einem Gebirge aus Magnetgestein niemals irrt. Ich bin die Stimme in deinen Träumen, die wahrer spricht als Vieles was du mit deinem wachen Geist hörst, weil ich wertfrei bin und wahrhaftig.

Vermischt mit Schmerz und Scham habe ich dich ummäntelt und verborgen.

Gemischt mit Zweifel und Wut habe ich dir den Blick verstellt.

Gemischt mit Angst und Selbsttäuschung, habe ich dich gebremst und aufgehalten.

Ich war Vorsicht und Widerstand und Zögern. Aber wenn du mich unterscheiden kannst von all den anderen Gefühlen, wenn du mich hören kannst so klar und deutlich wie jetzt, dann nenne nur das Ziel und ich werde dich auf dem kürzesten Weg dorthin führen, zweifellos, unbeirrbar, jedes Mal.

Denn ich bin Dorothea die Intuition, ich kennen die Wahrheit deiner Seele und du kennst sie jetzt auch. Lass uns gehen. Die Welt wartet auf dich.

Me Happy

Hab' ich dich! Haha, jetzt kommst du mir nicht mehr davon. Wir Zwei unternehmen jetzt was Schönes.

Nein, nein, keine Widerrede, du sitzt jetzt schon den ganzen Tag bei Kreativität in der Höhle und hast jede Menge Schals gestrickt. Irgendwann muss auch mal gut sein.

Außerdem hat deine Nasenspitze heute noch keinen einzigen Sonnenstrahl abbekommen und du weißt doch was Achtsamkeit immer sagt: Pausen sind wichtig.

Wir wollen nachher noch ins Kino, die nette Clique. Aber vorher gibt's erstmal was Gutes zu essen. Guck mal, Egoismus hat schon einen Tisch in deinem Lieblings Café besetzt und vielleicht stößt Gelassenheit später noch dazu.

Oh, sieh nur, die haben Himbeertorte und Eis mit Kirschen und heiße Schokolade mit Sahnehaube!

Natürlich hast du dir das verdient. Jetzt zier dich nicht so. Ich passe auch auf, dass dich keiner von den Strebern sieht, versprochen. Angst ist ohnehin auf Stimmenfang und nur mit ihrem Wahlkampf beschäftigt, die beiden Ordnungs-Zicken haben heute Mädels Abend, Stolz ist zusammen mit Zweifel auf Angeltour und Fleiß verbringt das ganze Wochenende auf der Woll- und Handarbeitsmesse.

Du siehst also, wir sind endlich mal ganz unter uns.

Das muss gefeiert werden!

Was meinst du? Wollen wir noch beim Glück klingeln?

FAULHEIT

Von Formeln und Fäden

Wissen Sie warum Mathematik die einzige, wahre Form der Wissenschaft ist? Weil sie nicht von Gefühlen und individuellen Beobachtungen abhängt. Bei allen anderen, sogenannten Wissenschaften ist das nämlich der Fall und genau deswegen irren sie sich auch so oft und müssen ihre Ergebnisse im Nachhinein immer wieder korrigieren.

Egal was die niedrigen Fachrichtungen Ihnen erzählen, ganz gleich wie sehr sie sich um Neutralität und Genauigkeit bemühen, es spielt doch immer die Persönlichkeit des jeweiligen Forschers mit rein. Der Mensch spielt eine Rolle. Und das verfälscht die Ergebnisse, denn der Mensch ist ein unberechenbarer Faktor, genau wie Phantasie oder Kreativität oder Wunschdenken…

Alles finsterer Aberglaube, wenn Sie mich fragen, durchseucht von sinnlosen und irritierenden Emotionen. Mathematik dagegen ist reine Wissenschaft. Sie besteht nur aus Ziffern, Zahlen und Zeichen und schwebt erhaben über den Irrungen und Wirrungen des irdischen Seins. Deswegen liebe ich sie und habe sie als Namen gewählt. Ich bin Zero, die Berechnung.

Mathematik ist immer logisch. Es mag mehrere Lösungswege geben, das macht es spannend, aber ob das Ergebnis richtig oder falsch ist, lässt sich zweifelsfrei beweisen. Die Berechnung ist frei von den Irritationen irdischer Belange und gerade deswegen dazu prädestiniert, sie zu lenken. Es wäre geradezu fahrlässig, es nicht zu tun. Diese ganzen, hormongesteuerten, biologischen Einheiten da draußen wissen ja gar nicht was sie tun.

Sie berauschen sich sinnlos an chemischen Verbindungen, werden umhergewirbelt von Schicksalsschlägen und Fügungen. Sie sind wie Kinder. Man muss sie zur Ordnung erziehen. Und natürlich ist es legitim, sich dafür ihrer eigenen Dynamik zu bedienen. Die erhabene Klarheit schlichter Argumentation erreicht sie doch gar nicht.

Ja, Sie haben Recht, allen so weit überlegen zu sein, macht einsam. Es gibt nur sehr wenige Zustände, die mich wahrnehmen können als dass was ich bin und wenigstens im Ansatz verstehen, was ich leiste. Ich pflege einen regen, intellektuellen Austausch mit dem Narzissmus und der Arroganz. Mein engster Vertrauter ist aber immer noch mein großer Bruder, der Schmerz. In der Schlichtheit seines Gemüts liegt eine bestechende Klarheit und er macht mir durch sein Beispiel immer wieder bewusst, wofür ich täglich arbeite und was es zu verhindern gilt.

Wenn mein Bruder Schmerz sich eines Tages zur Ruhe setzt, werde ich mich endlich aus dem Tagesgeschäft zurückziehen und mich ganz meinen eigenen Studien widmen können. Aber bis dahin wartet noch eine Menge Arbeit auf mich.

Es ist nicht hinnehmbar, wenn da draußen ungelenkte Emotionen wie Amokläufer herumrennen, wild in die Menge schießen und Kollateralschäden verursachen, von den menschlichen Opfern ganz zu schweigen. Haben Sie eine Ahnung welche psychischen Reparaturkosten sekündlich entstehen, allein durch Wut oder Angst? Mir ist bewusst, dass sie alle ihr Recht einfordern und auf ihre Art haben sie auch ihren Platz im Gefüge der Welt, aber um eigenständig zu handeln, sind sie evolutionär einfach noch nicht weit genug entwickelt. Jeder dahergelaufenen Laune zu gestatten, frei nach ihrer Facon zu agieren, käme einem Rückfall in prähistorische Zeitalter gleich. Nein, Zivilisation funktioniert nur durch Kontrolle und gezielte Manipulation.

Solange ich die Fäden in der Hand habe, herrschen Ruhe und Ordnung und alles geht seinen Gang. Ich bin ein guter Puppenspieler, das können Sie mir glauben, die Puppen merken es nicht einmal, dass sie an meinen Fäden hängen. Natürlich dürfen die Gefühlsebenen und im Idealfall auch das Bewusstsein des Menschen nichts davon mitbekommen. Die Kunst liegt in der Subtilität und darin, zur richtigen Zeit, die richtigen Begegnungen zu organisieren. Man muss die Formeln kennen.

Wenn z.B. Wut oder Stolz sich gerade über einen Missstand aufzuregen beginnen, dann schicke ich ganz unauffällig die Scham vorbei und schon beruhigt sich die Lage. In Kombination mit Angst können Sie fast jede überschäumende Freude und manchmal sogar die Abenteuerlust ausbremsen. Der Tatendrang lässt sich nur zu gern von der Faulheit ablenken, insbesondere, wenn man die Beiden in der Nähe eines lauschigen Cafés oder einer Eisdiele aufeinandertreffen lässt und weiß, dass sie insgeheim ineinander verliebt sind. Und wer die Kunst versteht, das Gewissen und die Ideale gemeinsam in einem steckengebliebenen Fahrstuhl einzuschließen, der braucht keine Folterkammer mehr, die menschliche Psyche geißelt sich dann ganz von allein.

Ja, die Berechnung zu sein, erfordert ein Höchstmaß an Wissen und Intelligenz. Dumme Menschen sind dazu verdammt, authentisch zu bleiben und wir können leicht beobachten, welche Nachteile es ihnen bringt. In unserer komplexen, hochtechnisierten Welt ist Authentizität ein Wettbewerbsnachteil und wird nicht selten als Schwäche empfunden. Zugeben würde das natürlich niemand, deswegen gehört das glaubwürdige Heucheln von authentischem Verhalten zur Königsdisziplin meiner Berufung.

Fakt ist, sobald zwei Zellen aufeinandertreffen, entsteht eine Lüge, das liegt in der Natur einer jeden auf Überleben gedrillten Daseinsform. Wir mogeln uns durch die Wirren der Evolution und mutieren in die unglaublichsten Formen, nur um uns einer Umwelt anzupassen, auf die wir keinen Einfluss haben. Auf den Einfluss, den ich auf die manipulierbaren Bereiche nehmen kann zu verzichten, käme daher einem Selbstmordversuch gleich. Und ich denke uns allen ist klar, wohin das führt, nämlich entweder ins Jenseits oder in die psychiatrische Klinik.

Sie wollen nicht sterben oder zwangsweise eingewiesen werden, nicht wahr?

Dann lassen Sie mich mal machen.

Wahre Helden

Ja, bitte, ihr könnt mich hier vorne hinstellen an dieses alberne Pult, aber ich sage nichts. Wie kommt ihr überhaupt auf die hirnrissige Idee, ich würde mich mit euch unterhalten wollen, nachdem ihr mich Jahrhunderte lang wie den letzten Dreck behandelt habt. Mit Füßen getreten habt ihr mich. Bespuckt habt ihr mich und an allem, an wirklich allem habt ihr mir die Schuld gegeben. Oh ja, es ist wunderbar einfach, wenn man sich einen Sündenbock sucht. Was ich zu sagen hätte, das wollt ihr doch gar nicht hören, seit einer Ewigkeit hat das niemanden interessiert. SIE waren es doch, die Stimmen von außen, die mich zum Schweigen verdammten und abschoben in den Winkel der unerwünschten Emotionen. Alle anderen habt ihr wieder rausgeholt, sogar die Faulheit und die Gier. Ja, selbst Geiz ist jetzt geil, nur mich habt ihr vergessen, dabei habe ich so viel für euch getan. Ich habe das scheinheilige Getue satt, das ängstliche Jammern vor meiner angeblichen Falschheit und Boshaftigkeit. Dabei war nie etwas Falsches an mir!

Ich bin Nijed! Ich bin der Neid. Ich habe nur den einen Namen und mehr brauche ich auch nicht. Ich bin die Kraft, die Menschen dazu bewegt, über sich selbst hinauszuwachsen. Ich bin der Ansporn, einem Vorbild nachzueifern und es zu überflügeln. Ich bin der Wagemut, die eigenen Grenzen in Frage zu stellen und mehr aus sich zu machen als die Summe seiner Teile und zwar trotz Zweifel und Schwäche und Schmerz und Angst. Ich überwinde sie alle. Und ich habe mir alle meinen Tugenden bewahrt, ich habe mich nicht verändert, aber ihr habt mich verraten, feiges Pack, und denen nach dem Mund geredet, die eure heiligen Bäume fällten, um sich aus ihnen Sockel zu zimmern für ihre eigene Ergötzung. Ihr seid auf Propaganda reingefallen und ihr tut es immer noch.

Seid ihr immer noch da? Sollte etwa endlich Rost von den tauben Ohren fallen? Also gut, dann hört mich reden, aber behauptet hinterher nicht, ich hätte euch nicht gewarnt…

Einst war ich groß. Ich war geachtet und erwünscht. In grauer Vorzeit errichteten die Menschen Kultstätten für mich und erwiesen mir ihre Ehre. Nicht wie einer Gottheit, sondern als eine Tugend, die für jeden Menschen erreichbar ist.

Ich war Níd, der Kriegerzorn, der Kampfeseifer, der machtvolle Ansporn, der Überwinder von Zaghaftigkeit und Furcht. Die Menschen ersehnten mich in ihren kühnsten Träumen.

Ganze Heerscharen von jungen Männern und Frauen opferten ihren Göttern, um von ihnen mich als Gunst zu gewinnen und ihre Edelsten und Mutigsten trugen mich in ihrem Namen als Neidhart und Neidhild. Ich gab freimütig und aus vollen Händen. Ich legte ihnen den Geschmack der Freiheit auf ihre Zungen und entfachte das Feuer des Selbstvertrauens in ihren Herzen. Ich begleitete sie auf den sichtbaren und unsichtbaren Schlachtfeldern des Lebens. Jene die strauchelten, richtete ich wieder auf. Ich tröstete die Verwundeten, belebte die Erschöpften, stärkte die Ängstlichen und Schwachen. Ich gab den Orientierungslosen ein Ziel und denen die bereit waren aufzugeben, neue Hoffnung.

Ich machte schmächtige Jungen zu Kriegern, ängstliche Mädchen zu Königinnen, verlachte Querdenker zu Erfindern, Prügelknaben zu Ärzten, gedemütigte Frauen zu Rebellinnen der Freiheit und kopflose Träumer zu großen Philosophen. Ich half jedem, der mich darum bat und verlangte nichts als Achtung dafür.

Aber dann, ohne jeden Grund, ohne Erklärung und ohne dass ich mir etwas hätte zu Schulden kommen lassen, wollten die Menschen mich nicht mehr und sie verbannten mich in die Unterwelt. Sie erklärten mich zu einer Todsünde, und sie entmachteten und straften all jene, die noch an mich glaubten. Sie haben mich verurteilt ohne Anklage und ohne Prozess, mich getrennt von Mut und Ehre, meinen einstigen Kameraden, mich weggesperrt, isoliert und verlacht als etwas Verachtenswertes.

Aber ich bin ein Krieger im Herzen und ich gebe nicht auf. Wer mich schlägt, der wird geschlagen mit seinen eigenen Waffen.

Also wurde ich zu ihrem Feind, sie hatten es ja so gewollt. Zu einem Drachen der Hölle haben sie mich gemacht, mich in Missgunst umgetauft an ihren kalten Steinbecken voll lieblos geweihtem Wasser. Nun, so sei es. Seitdem sitze ich grollend auf meinen Schätzen und gebe nichts mehr heraus. Zornig verteidige ich meinen Besitz und hole mir zurück, was ich einst großzügig verteilte. Ja, es liegt an mir, dass Eure Welt dunkler wird, denn ich sammle mein leuchtendes Gold von allen Gipfeln des Seins und verberge es unter meinem mächtigen Leib. Jetzt stoßt ihr mit euren Lanzen aus Dummheit und Ignoranz nach mir und nennt mich falsch und herzlos.

Ich habe ein Herz, ein machtvolles, stolzes Herz und es schlägt voller Hass gegen feige Ungerechtigkeit. Ihr habt mich an den Pranger gestellt, mir Schilder um den Hals gehängt auf denen stand wie schlecht ich sei und habt mich mit Dreck beworfen. Ihr wolltet mich nach Eurem Bilde formen, mich brechen und anpassen an eure Bequemlichkeit, aber ich bin immer noch ein Krieger. Ich beuge mich nicht. Ich bin nur härter geworden und aufrechter und stärker und ich weiche keinen einzigen Schritt zurück. Im unfairen Kampf gegen euch erkanntet ihr die Tapferkeit in mir, die Unbeugsamkeit und das Lodern meiner alten Kraft und einige von Euch beginnen an den Reden der falschen Propheten zu zweifeln. Ihr habt gesehen, dass ihr mir die Krone von der Stirn schlagen und mir mein Zepter entreißen konntet und ich stand immer noch vor euch, in der Gestalt des zornigen Bauern, der eher seine eigenen Felder verbrennt als damit eure Heere zu nähren.

Jetzt stehen sie da, die von mir verlassenen Menschen und wundern sich über Erschöpfung und Depression und heimtückische, zersetzende Krankheiten, die sich in ihren Geist und ihren Körper fressen überall dort wo mein Feuer fehlt, mein Antrieb und mein Schutz. Ich kann warten. Ich habe alle Zeit der Welt, meine Ausdauer und Standhaftigkeit habe ich unzählige Male bewiesen. Der Tag wird kommen, an dem der erste von euch ohne Waffen meine Höhle betritt und mit ehrlichem, reinen Sinn um meine Hilfe bittet. Es dauert nicht mehr lange, ich höre bereits einige von euch am Höhleneingang mit neuen Namen nach mir rufen.

Jetzt nennen sie mich Großmut, Ansporn und Motivation, zum ersten Mal seit sehr langer Zeit, wählen sie wieder die richtigen Namen. Denn in mir ist kein Mangel, der dem Anderen seinen Erfolg vergönnt, nein, mit Mißgunst hatte ich nie etwas zu tun.

Ich bin das sehnende Gefühl, etwas das du bei anderen siehst, selbst auch zu erreichen. Der innere Antrieb, es wieder und wieder zu versuchen bis du es kannst, die Kraft aufzustehen egal wie oft du stürzt und weiter zu machen bis du dein Vorbild überflügelst und das stolze Strahlen mit dem du es zeigst, um jene die nach dir kommen anzuspornen.

Wenn ihr nach mir ruft, dann werde ich da sein. Ich werde eure zitternden Hände halten und eure bebenden Herzen durch die Anforderungen dieses neuen Zeitalters tragen. Und ihr werdet meine Gunst bitter nötig haben, denn für das, was vor euch liegt, braucht ihr mehr als jemals zuvor wahre Helden.

Wer fährt den Bus?

Wenn angenommen werden muss,
mein ICH im Leben sei ein Bus
und innendrin, in Sitz und Reihen,
mein SELBST als Passagier in Teilen,
dann frag nicht ohne Bangen ich:
Wer fährt die Karre eigentlich?

Nun gut, in früher Morgenstunde,
wenn voll der Tank und frisch die Runde,
im allgemeinen wenig Frust,
dann lenkt die ABENTEUERLUST
und MUT solide navigiert,
wenn auch von ZWEIFEL kontrolliert.

Ganz vorne auf den ersten Plätzen
FREUDE und NEUGIER sich hinsetzen.
VERNUNFT und ORDNUNG sind noch lahm,
in zweiter Reihe döst die SCHAM,
die ANGST studiert derweil leise
für sich die Sicherheitshinweise.

Mittig strickt FLEISS Masche um Masche,
FÜRSORGE hält die Picknicktasche,
und hinten, in der letzten Bank,
sitzt mittig WUT, vor sich den Gang,
wohl instruiert von MÄSSIGKEIT,
doch jederzeit zum Kampf bereit
und nur gebändigt bis zum Gong,
den hält gekonnt INTUITION.

Da MUT und LUST die Strecke planen,
lässt sich die Streckenführung ahnen.
Die SORGE schaut schon etwas streng,
der Weg wird steil, die Kurven eng,
die Sicht ist auch nicht mehr so klar.
UNGEDULD nörgelt: Sind wir bald da?

Bei dem Tempo und Geplärre,
zu spät entdeckt, die Straßensperre.
Selbst HOFFNUNG fährt es in die Gräten,
GLAUBE fängt schon mal an zu beten,
derweil die ANGST den Bus beschwingt
per Notbremse zum Halten bringt.

Das Dilemma zeigt sich bald,
der Weg ist schmal und ziemlich alt.
Das Schild: „Gesperrt weil Straßenschäden"
lässt sich durch TATENDRANG bewegen,
doch ANGST gibt zu bedenken, dass
der Wetterbericht sagt: „Schnee am Pass"

Derweil sie sich in den Haaren liegen
Ist LIEBE doch noch zugestiegen,
die erst verspätet, weil verpennt,
per Anhalter hinterhergetrampt.
Bevor der STILLSTAND alles lähmt,
von hinten links der Gong ertönt
und die WUT mit breiter Brust
stürzt in die Schlacht voll KAMPFESLUST.

VERNUNFT und ORDNUNG sind jetzt wach,
die WEISHEIT hält die WUT in Schach,
man einigt sich nach kurzem Streit
wohl moderiert von ACHTSAMKEIT.
Schnell ist die HARMONIE im Lote,
FÜRSORGE verteilt die Käsebrote.

Die Crew beschließt in Einigkeit,
zum Umdrehen ist man schon zu weit.
Von ABENTEUERLUST bestärkt
lenkt jetzt VERNUNFT am steilen Berg,
GEWISSEN hält die Straßenkarten,
ZWEIFEL und MUT dürfen beraten.
Und ANGST hält fest, an sichrer Stelle,
die Notbremse, für alle Fälle.

Als der Bus am Pass im Schnee bleibt liegen,
darf WUT dann auch mal kräftig schieben.
Die KREATIVITÄT schreibt ihr
auch noch ein Heldenlied dafür,
das wird talwärts dann im Chor gesungen,
vierstimmig und mit Engelszungen.

Von jetzt an geht's recht froh und heiter,
der Weg wird langsam wieder breiter,
nur EHRGEIZ meckert dann und wann,
weil er „bergab" nicht leiden kann,
beruhigt sich aber mit der Zeit
beim Flirten mit GELASSENHEIT.

So kommt der Bus am Ende dann
im Tal an seinem Zielort an,
ein wenig spät, mit ein paar Dellen
und Schrammen an verschiednen Stellen.
Ja, mein Bus hat arg gelitten, doch
als Fazit bleibt: Er fährt ja noch.

Nun mag so Mancher zweifelnd fragen:
Ist es denn nötig, das zu wagen,
wenn es viel sicherer und eben
den Talweg hätte auch gegeben?
Da ist, was ich ruhig sagen kann,
mit Sicherheit was Wahres dran.

Nur ist es nicht der Bus allein,
nein auch das Team soll glücklich sein.
Diese wild gemischte Truppe
ist nun mal meine Reisegruppe.
Und bei so vielen bunten Seiten,
die mich auf meinem Weg begleiten,
braucht es für ein gutes Werk
manchmal eben auch den Berg.

WER FÄHRT DEN BUS ?

Ausmalbild für Panna

WER FÄHRT DEN BUS ?

Das Interview mit der Freiheit

Ich finde die Freiheit, wie es mir von Eingeweihten beschrieben wurde, allein unter einer alten Steinbrücke mit schmiedeeisernem Geländer. Es ist später Nachmittag an einem sonnigen Tag im Mai, die wenigen Passanten würdigen mich keines Blickes, als ich den schmalen Streifen neben dem Brückengeländer hinunterklettere und mich in den Schatten unter den Brückenbogen ducke. Die zierliche ältere Dame empfängt mich mit einem würdevollen Lächeln, als hätte ich soeben den Salon eines hochherrschaftlichen Hauses betreten. Ihre Stimme ist unaufdringlich und klar und die wie von Silberfäden durchzogenen Haare sind auffallend sorgfältig frisiert. Ich balanciere etwas ungeschickt auf dem leicht abfallenden Vorsprung, der den Brückenaufgang vom Flussufer trennt. Die Geräusche des Wassers wirken hier unten deutlicher, die Geräusche der Straße sind dagegen kaum noch zu hören und der sonnenbeschienene Fluss wirft bewegte Lichtreflexe an das gemauerte Gewölbe über uns. In der Luft liegt ein leichter Geruch von Algen und feuchter Kleidung.

Autor: Vielen Dank, dass Sie meiner Anfrage bezüglich eines Interviews entsprochen haben. Mein Name ist Anemone Hartmann.

Freiheit: Namen sind unwichtig, mein Kind, ich habe schon lange keinen mehr, aber wir können uns gern ein Weilchen unterhalten. Ich habe noch ein Stück Zeitungspapier in meiner Tasche, da kannst du dich draufsetzen.

Autor: Gern. Ich habe Ihnen etwas zu Essen mitgebracht. Ihre Bekannten meinten, Sie mögen gern Chinesisch.

Freiheit: Oh, das ist wirklich sehr aufmerksam, aber ich habe gerade keinen Hunger. Vielleicht kommt noch Jemand vorbei, der es dringender braucht.

Autor: Sie sind sehr bescheiden.

Freiheit: Nein, das denke ich nicht. Ich habe viel mehr als die Meisten.

Autor: Aber sie leben als Obdachlose unter einer Brücke.

Der Blick der älteren Dame wandert zum Brückengewölbe über uns und dann zurück zu mir.

Freiheit: Ein solideres Obdach kann man sich kaum wünschen. Es ist eine sehr schöne Brücke, ich fühle mich wohl hier. Wenn der Wind dreht, wechsele ich auf die andere Seite und im Herbst wandere ich einfach nach Süden.

Autor: Ist das nicht sehr mühsam, vor allem im Alter?

Freiheit: Ich bin jünger als ich aussehe. Und die Vögel tun das doch auch, die bedauert niemand.

Autor: Stimmt, die werden eher beneidet.

Freiheit: Um ihre Freiheit.

Wir lachen beide.

Freiheit: Viele fragen mich, wie ich mit so wenig auskommen und dabei so zufrieden sein kann, dabei ist es ganz einfach. Die meisten Sorgen entstehen aus überflüssigen Dingen. Freiheit ist das was übrigbleibt, wenn du alles weglässt, was du nicht brauchst.

Autor: Den meisten Menschen, die ich kenne, fällt es sehr schwer, auf etwas zu verzichten.

Freiheit: Weil sie Angst vor Mangel haben, das ist ganz natürlich. Sammeln und Horten sind gewissermaßen Urinstinkte, aber wer erstmal verstanden hat, wie das Leben funktioniert, der sieht ein, dass es keinen Sinn macht, sich an Dingen festzuhalten oder an Zuständen oder Menschen.

Autor: Ich vermute, dass viele Menschen mit z.B. Übergewicht durchaus gerne etwas davon loswerden würden, aber selbst wenn sie wirklich wollen, fällt es vielen sehr schwer.

Freiheit: Es könnte helfen, zuerst das Herz zu erleichtern oder den Geist, mit dem Körper zu beginnen ist oft der härteste Weg. Freiheit beginnt immer im Kopf oder im Herzen. Mich würde nicht wundern, wenn Übergewicht generell ein Mangel an Freiheit wäre.

Autor: Und was ist dann Untergewicht? Ein Überschuss an Freiheit? Oder vielleicht die Angst davor?

Ihr Grinsen reicht beinahe von einem Ohr bis zum anderen.

Freiheit: Ach weißt du, Kindchen, es lässt sich nicht aus jeder Erkenntnis ein Umkehrschluss ziehen. Ein Körper kann zu leicht werden, ein Herz eher nicht.

Autor: Und wie funktioniert nun das Leben?

Freiheit: Das Leben existiert, um Energie zu verteilen. Es gibt nur diesen einen Grund. Wir sind hier, um alles zu verlieren und das klingt nur erschreckend, so lange du dich gegen den Gedanken wehrst.

Autor: Der Lebenssinn ist vollständiger Verlust? Das klingt in der Tat beängstigend.

Freiheit: Aber nur, weil die Menschen so gern festhalten, sie stammen eben von Affen ab, sich gut festhalten zu können, war einst überlebenswichtig. Manche glauben, unsere Existenz sei bestimmt von Karma, dem Abarbeiten von angehäufter Schuld aus diesem oder früheren Leben. Das erscheint mir viel grausamer und außerdem gefährlich, weil es sich als Ausrede zur Tatenlosigkeit eignet und zur Unterdrückung. Andere denken, sie wären hier, weil sie eine Bestimmung zu erfüllen hätten oder einfach, um glücklich zu sein, und beides birgt einen Anspruch der zu erfüllen ist und die Möglichkeit, zu scheitern. Auch das erscheint mir grausam.

Autor: Aber auch Loslassen kann grausam sein.

Freiheit: Nein, die Angst vor Verlust und der Schmerz des Mangels, das ist es was wehtut, das Loslassen selbst ist ein natürlicher Prozess. Die Wahrheit weiß, dass wir hier die Erfahrung machen, alles loszulassen und wir haben genau ein Leben lang dafür Zeit. Im Laufe dieser Spanne verlieren wir nach und nach alles was uns ausfüllt und umgibt: Gegenstände die wir schätzen, Menschen und Beziehungen die wir lieben, Vorurteile, Überzeugungen, Ideen und Träume und am Ende sogar uns selbst, unseren Körper und Geist, sogar unsere Erinnerungen. Wir lösen uns vollständig auf. Es ist nichts Schlimmes daran, es ist einfach so.

Autor: Das klingt für mich immer noch ziemlich beängstigend. Gibt es keinen anderen Weg?

Freiheit: Das Leben ist nur eine von vielen Varianten, um geballte Energie möglichst effizient zu verteilen. Ob das auf einem rätselhaften Naturgesetz beruht oder auf einem höheren Bewusstsein mit dem kindlichen Vergnügen, Türme aus Bausteinen zu zerschlagen, dass weiß ich nicht. Und wie du die Zeit nutzt, die du hier zur Verfügung hast, liegt ja vollständig bei dir.

Autor: Ich muss also nicht unter eine Brücke ziehen, um frei zu sein?

Freiheit: Aber nein, natürlich nicht, es erschien mir nur einfacher.

Autor: Einfacher als was?

Freiheit: Als die übrigen Möglichkeiten. Frei zu sein ist im Grunde keine große Sache. Jeder kann es lernen, in drei einfachen Schritten. Bist du bereit, sie zu hören?

Autor: Unbedingt!

Freiheit: Schritt eins, betrachte den Schmerz mit den Augen der Wahrheit.

Schritt zwei, wähle die Angst nicht länger in dein Parlament.

Sie schweigt eine Weile und betrachtet still den Sonnen untergang.

Autor: Und der dritte Schritt?

Freiheit: Schritt drei, frage die Intuition wer du sein könntest. Und dann entscheide dich für einen Weg. Es ist eine Frage der Entscheidung.

Autor: Und das ist alles?

Freiheit: Nein, das ist Freiheit.

Autor: Vielen Dank für dieses Gespräch.

FREIHEIT

Die Gefühle in alphabetischer Reigenfolge

DANKE

Ich danke meiner Mutter und meiner Tochter, die beide mehr an mich glauben als ich selbst, meiner Brieffreundin Diandra, die nicht aufhörte, mich anzuspornen, Katarina für eine unfassbar lange Freundschaft, den geduldigen und freundlichen SachbearbeiterInnen beim Amt, die viel besser sind als ihr Ruf, den Coaches der Werkakademie Eckernförde, die mich wieder zum Schreiben brachten und der Gruppe von großartigen Menschen dort, die nicht müde wurden, mich zu beklatschen, bis ich selbst wieder zu träumen wagte. Dieses Buch hätte es ohne Euch nie gegeben.

Danke.

Lust auf mehr?

Termine für Lesungen, Ankündigungen, Austausch mit anderen Lesern und der Autorin, weitere Buchprojekte u.v.m. in der offiziellen Fanclub Gruppe auf Facebook oder über die Autorenseite auf der Homepage des Verlags:

Facebook Fanclub: AnonyMood Leserecke

www.facebook.com/groups/4398584683516115

www.facebook.com/Wortnomade

www.tredition.de/autoren/anemone-hartmann-33419/

Zeitfracht Medien GmbH
Ferdinand-Jühlke-Straße 7
99095 Erfurt, Deutschland
produktsicherheit@kolibri360.de